ぜえろく武士道覚書

一《い》閃《っせん》なり

下

奥深い鞍馬《くらま》の山山はそれはそれは険しく巨木《きょぼく》の根が龍《りゅう》尾《び》の如く地表を這《は》い猪鹿熊《いのしかくま》と雖《いえど》も脚を取られて倒れると申します。政宗様は幼き頃よりこの峻険な山野で厳僧より文武を叩き込まれ『龍尾の尾根』を疾駆なされ京人《みやこびと》から牛若丸現わると騒がれなさいました。

写真・文／編集部

政宗様の楽しみは京《みやこ》の遥か奥深く石組の階段と青竹の林が凛《りん》として美しい清澄なるその地を訪ねることにあるのでございます。青竹の林の尽きる所を左へ折れますると心より尊敬する御方様の**古くて質素な館**《やかた》が直ぐに見えて参ります。

真冬には身を切られる寒さの傷《いた》みひどい**古くて質素な館**《やかた》を訪れた政宗様は優しく迎えて下さる美しい女性《にょしょう》に尊敬の念を込めて平伏なされます。その政宗様に女性《にょしょう》の御方様は、もそっと近くへと必ず優美《たおやか》に手招きなされるのでございます。

徳間文庫

ぜえろく武士道覚書

一閃なり 下

門田泰明

徳間書店

目次

第十六章

一

ついに、その日がきた。

吉田山《よしだやま》の麓《ふもと》、朝六ツ半過ぎ。

馬二頭の手綱を持つ高柳早苗《たかやなぎさなえ》に、政宗《まさむね》は静かに近付いていった。

「待ったか」

「ほんの少し前に着いたところでございます。手形も二人分、粗相《そそう》なく整えられました」

「左様か。そのあたりは流石《さすが》よのう。ともかく参ろうか。一気に駆けるぞ」

「はい」と、早苗が栗毛の手綱を、政宗に預ける。早苗はキリリと若武者の身なりであったが、政宗はそのことには触れない。

「あのう、政宗様」

「ん？」

「私の旅姿は、二刀を腰にしたこれで差し支えございませぬか」

「そなたは、どのように姿を変えてもよく似合う。心配致すな。今日も白い百合の花のように綺麗《きれい》じゃ」

「は、はい」と、早苗は恥ずかし気に視線を落とした。

「行くぞ早苗」

そう言って馬上の人となろうとした政宗の動きが、鐙《あぶみ》に足を掛けたところで止まった。

彼は元の姿勢に戻ると、手綱を早苗に預けた。

早苗が怪訝《けげん》な表情で、政宗を見る。

「いかがなされたのですか」

早苗の問いには答えず、政宗は八、九間《けん》離れた所で聳《そび》える杉の巨木を見つめた。

早苗の表情に漂う怪訝さは、まだ解けない。

杉の巨木を見つめる政宗のまなざしは、穏やかであった。

「早苗」と、政宗の物静かな、しかし囁《ささや》くような声。

「はい？」

「少し退がっていなさい」

「え……」

「私に同じ事を二度言わせてはならぬ」

「は、はい。申し訳ございません」

早苗は馬二頭を引いて、杉の巨木とは反対側へ、数間《けん》ばかり政宗から離れた。

丁度、小さな稲荷《いなり》の前だった。

彼女は、息を飲んで政宗の後ろ姿を見守った。「政宗様が異常な何かを捉《とら》えていなさる」とようやく判りはしたが、彼女には何も感じられなかった。自分ほど厳しい修練を積み重ねてきた者が何も感じられないとはどういう事か、とも思った。

と、政宗が僅《わず》かに左足を引いて、左手親指の腹を鍔《つば》に触れた。

早苗の体が、硬くなる。彼女はそばの木立に、馬二頭の手綱を素早く巻き付けた。そして右足をやや引き、目立たぬ程度に上体を半身とした。俊足への刹那《せつな》変化に備えた、彼女特有の半身構えである。

政宗といえば、杉の巨木に注ぐまなざしは矢張り物静かであった。左手を刀の鍔に触れてはいるが、体に力みは見られない。さながら無念無想の如し。

やがて、巨木の陰より一人の侍が姿を現わした。下げた両腕の先に拳をつくり、ゆっくりと落ち着いた足取りで。

政宗に劣らぬ長身。年齢《とし》は四十前後か。色浅黒く端整な面貌《めんぼう》は、あの侍であった。政宗が長く御用達《ごようたし》の小さな呉服商常陸屋《ひたちや》を出ての帰り道、武者小路《むしゃのこうじ》の少し先で出会った、満月の夜のあの侍である。

政宗が、かつてないほど鳥肌立った、あの侍だ。

侍は政宗の三、四間先まで近付いて、足を止めた。ゆったりとしている。

「どちらかへ御出かけなさるのか」

重く厚みのある声だった。丁寧でもなければ威圧的でもない。淡淡とした響きであった。

が、双つの目は鷹《たか》のように眼光鋭く、それだけでも只者ではないと知れた。

「はて。これは妙なお訊《たず》ねをなさる。何処へ行く積もりか、御貴殿に打ち明ける必要などありますまい」

これも淡淡とした響きの、政宗の声であった。

「再度お訊ね致す。どちらかへ御出かけなさるのか」

「お答えする積もりはない」

「答えられよ」

「御貴殿は何処のどなたじゃ」

「私の問いに答えられよ。正三位大納言《しょうさんみだいなごん》・左近衛大将松平《さこのえのたいしょうまつだいら》政宗殿」

「ほほう。私の名を存じておられたか」

「是非にも答えて戴《いただ》きたい。この早朝に馬を駆って何処へ向かわれる」

「答えは、すでに申し上げた。立ち去られよ」

「どうしても答えぬと？」

「左様」

「ならば致し方なし。お命頂戴《ちょうだい》致す」

「これは無体な」

侍は二、三歩政宗に近付き、腰を沈めつつ左手で刀の鯉口を切った。右手は胸の前あたりで水平に浮かせている。

政宗も相手の侍と全く同じ身構えをとった。しかし、まるで虎と蝶の対峙《たいじ》のようだった。政宗は見るからに柔らかく美しく、一方の侍は早くも烈火の如し。全身にたちまち殺気を漲《みなぎ》らせている。それも政宗の頭から足の先までを一刀両断にせんばかりの、凄《すさ》まじい殺気だった。

（なんと完成しきった殺気であることか……）

政宗は再び鳥肌立っていた。相手の身構えには、微塵《みじん》のスキも無い。突き刺さってくる眼光、上体の見事な傾け具合、両手の位置、脚の開き幅、そして土を噛《か》んでいる爪先、どれも完成し過ぎるほど完成している、と政宗は思った。

無言の対峙が続いた。

やがて虎の額にも蝶の額にも、うっすらと汗の粒が滲《にじ》み出した。

だが双方とも動かない。微動だにしない。呼吸《いき》さえもしていないかに見えた。

突如、頭上で烏《からす》が甲高く鳴いた。

直後、対峙する二人が、光となって激突。刃と刃がガチンッと轟《とどろ》いた。

一瞬のうちに、二合を打ち合って、火花消えぬ内に双方が飛び離れる。

共に電光石火。

政宗は左の手首に、相手の侍は眉間《みけん》に、共に浅く傷つけていた。

「矢張り夢双禅師《むそうぜんじ》伝授の剣法は凄《すご》い……」

侍は静かにそう言うと、刀を鞘《さや》に収めて、付け加えた。

「貴殿は京《みやこ》を離れるべきではない。もし、京《みやこ》の外で出会うた時は、今度は手加減せずに斬《き》る。本気でな」

言い残して、侍はくるりと踵《きびす》を返した。凛《りん》とした印象が残る言葉の響きだった。単に品悪く脅して出方を見る、といった下卑た印象は皆無だった。

そう感じて政宗は、大きな息を一つ吐き刀を鞘に戻した。

侍の後ろ姿が、北西に向かって次第に小さく遠のいてゆく。

政宗は傷ついた手首を見た。長さ一寸弱の浅い傷だった。

(これは……)と、彼は息を止めた。筋《きん》に達せぬよう、あざやかに薄皮一枚が切られていた。斬られていた、ではなく、切られていた。あと僅かに深ければ、間違いなく筋《きん》を割られているところだった。刃が、その直前を計算し尽くしたように撫でている。

(もしや、柳生新陰《やぎゅうしんかげ》流《りゅう》の寸止め外《はず》し、では……)

そう思いつつ、遠のいてゆく侍の後ろ姿を見送る政宗だった。

侍の後ろ姿が、彼方の小さな竹林《ちくりん》の角を折れて見えなくなった。

「さ、行くぞ早苗」

振り向いて、そう声を掛けようとした政宗の声が、喉《のど》の奥で止まった。

こちらを見つめている早苗の顔が、強張っていた。怯《おび》えている表情だった。しかも両手を胸の前で組み合せ、体を小さく縮ませている。

それは、幾多の手練《てだ》れと対峙し倒してきた早苗とは、余りにもかけ離れた様子だった。

「どうしたのだ」と、政宗は早苗に近寄った。

「何を怯えておる。早苗らしくないではないか」

「申し訳……申し訳ございませぬ」

「確かに、斬られるかも知れぬ、と思うた程の相手ではあったがな」

「はい。政宗様が明らかに圧倒なされている御様子でしたので……それで、つい息が止まってしまいました」

「あの侍、一体何者であろうか。早苗も初めて見る顔であったか」

「は、はい」と、早苗が視線を落とす。

「柳生新陰流の寸止め外し、を用いたようであったが……ま、よい。あの侍が何者であるかを考えるのは後回しにして、先へ急ぐとしよう」

「お宜《よろ》しいのでしょうか。あの侍は、京《みやこ》の外で出会うた時は今度は本気で斬る、と申しておりましたが」

「では早苗は、あの侍の言葉に従え、と申すのか」

「いいえ、決してそういう訳では……」

「余り心配いたすな。あの侍、どう見ても腹黒い人物には見えぬ。我我は予定通り関宿《せきじゅく》を目指し、馬を飛ばそうぞ」

「左の手首から血が滲んでおります。血止めの膏薬《こうやく》をお塗り致しましょう」

早苗が懐へ手を入れようとするのを、「よい」と政宗は制した。

「馬を飛ばせば、風を浴びて止まる程度じゃ。心配ない。行くぞ早苗」

「は、はい」

早苗は木立に巻き付けてあった手綱を外し、政宗に手渡した。

馬上の人となった政宗は、鐙《あぶみ》で軽く馬の腹を叩いた。

栗毛が小駆けとなる。

両側に田畑広がる畦道《あぜみち》は、南へ向かって、やや左へ曲がり気味に見通し良く伸びていた。

若武者高柳早苗が、ひらりと黒毛の背にまたがり、あざやかな手綱さばきで政宗の後を追う。

と、二頭の馬が駆ける方角とは逆、はるか北西の竹林《ちくりん》の陰に、ポツンと人の姿が一つ現われた。額に手をかざすようにして、小駆けから次第に速駆けとなる二頭の馬を、じっと見送っている。

政宗も早苗も、そうとは気付かない。

栗毛と黒毛の二頭がすっかり彼方に消え去った時、鋭い指笛が田畑に響き通って、竹林の中から出てきた馬一頭が件《くだん》の人のそばへ寄っていった。

朝陽《あさひ》は、東の山山の上に顔を出しかけている程度であったが、空はすでに雲一つない青空だった。小さな雲の切れ端すらなく、引き込まれそうな〝青の透明〟だった。その空の下を、指笛の人を背に乗せた黒毛が、南に向け、ゆっくりとした調子で進み出す。政宗と早苗の後を追うという緊迫感はない。実り豊かな朝の田畑の光景を楽しむかのような、落ち着いた馬の歩みだった。

二

伊勢国鈴鹿郡《いせのくにすずかぐん》、関宿《せきじゅく》。

江戸から百六里と二丁、京から凡《およ》そ十九里半のこの地へ政宗と早苗が着いたのは、その日の午《ひる》ノ刻九ツ頃だった。途中で二度、馬に充分な休息を取らせており、この関宿では藤堂貴行《とうどうたかゆき》の手回しで馬を替える段取りが出来ている筈《はず》であった。大事なことは、その馬の蹄鉄《ていてつ》がしっかりとしていることであった。

「ほぼ予定通りに西追分《にしおいわけ》に入れたのう。随分な賑《にぎ》わいではないか」

政宗は馬首を並べる早苗に話しかけつつ、関宿の西の玄関口で且《か》つ刑場も備えている〝西追分〟で馬の背から下りた。

「本当に大変な賑わいですこと」

と、政宗に答えながら早苗も身軽に馬から下りた。早苗の美しい若武者姿に引かれるのか、往《ゆ》き交う旅人達がチラチラと視線を送る。

早苗が、それらを少しも気にかけない態《てい》で言った。

「この関宿の東の玄関口、東追分は伊勢神宮参詣《さんけい》の分岐点でございますね。また西の玄関口、西追分は伊賀《いが》・大和《やまと》への分岐点でございますことから、春夏秋冬大勢の人が集まるのでございましょう」

「そうよなあ。それにして侍の姿が、いやに目立つではないか」

「もしや参勤交代にでも出会《お》うたのでしょうか」

「そうかも知れぬな。ともかく歩いてみよう」

「はい。宿は藤堂貴行が、九関山宝蔵寺地蔵院《きゅうかんざんほうぞうじじぞういん》というお寺を手配りしている筈でございます。馬二頭も、恐らくそのお寺で替えられましょう」

「そうか。藤堂貴行は顔が広いのだな」

「はい。実は私共が使命を帯びて動きます際にも……」

「早苗。困難な使命を帯びていた事については、旅の間、自分から口にせずとよい。必要な場合は私の方から訊《き》くゆえな」

　と、政宗の声が少し厳しく小声となった。

「申し訳ございませぬ。浅はかでございました」

「旅の間は、のんびりと私にもたれかかった気分でいなさい。それがよい」

「ですが、それでは余りにも……」

「いや。それがよい。いいな」

「すみませぬ。では、お言葉に甘えさせて戴きます」

「うむ。それと、言葉もなるべく気楽がよいぞ。長旅ゆえ、肩の力を抜くがよいわ」

「は、はい……」

二人は馬の手綱を引いて、歩き出した。関宿は街道を挟んで旅籠《はたご》や本陣、脇本陣、火縄商、両替商、芸妓置屋、酒造業、菓子屋、寺院などが建ち並ぶ、東西に約十七町の細長い宿場町であった。

二人は新所《しんじょ》の町並みを、肩を並べてゆったりと歩いた。関宿は西追分に入ると、新所の町並み、中町《なかまち》の町並み、木崎《こざき》の町並みと三つの町並みを順に通過することになる。

暫く歩いて、早苗が右手の彼方に見えてきた立派な大屋根の寺院を指差して見せた。

「政宗様。どうやら、あれが地蔵院のようでございますね」

「ようでございますね、とは早苗は地蔵院を見るのは初めてなのか」

「初めてでございます。藤堂貴行は常に表街道を通って、使命遂行のための下準備を整えますけれど、私をはじめとして他の者は裏街道を用いておりましたゆえ」

「そうか……うん、そうであろうな」

「先に地蔵院で一息お吐《つ》きになりますか」

「では寺に馬を預けて、町並みを見て歩こうではないか」

「そうですね。では、馬を預けて参りましょう」

早苗はそう言うと、政宗から手綱を預かった。

政宗は、馬二頭を引いて地蔵院へと遠ざかってゆく早苗の後ろ姿を見送りながら、ゆったりと彼女の後に従った。穏やかな、澄んだ表情だった。

が、頭の中は決して穏やかではなかった。京《みやこ》を発ってから、関宿に至る迄の間、ずっとであった。

（あの侍は、一体何者か……）

それが脳裏から、片時も離れなかった。四十前後に見えた年齢にしては、余りにも剣に読み切れない鋭さ、凄みがあった。それに位《くらい》の高さを備えていた。品位があった、という事であろうか。

(私が鳥肌立つのは、これ迄は夢双禅師大恩師だけだった。しかも彼は私が夢双先生から剣法を学んできたことを知っていた……その事実を知っていること自体、只者ではない)

政宗は街道の両側に建ち並ぶ店や旅籠などの家家を、両手を懐にしまって見て歩きながら考え続けた。

(もしや彼は、所司代から私の剣の経歴を知らされる立場にあったのか。いや、私に二条の城内警護を依頼した所司代とて、私と夢双先生との絆《きずな》を余程に詳しくは承知しておらぬ筈……ただ単に私の剣の技量を奉行所などから聞き込んで警護の依頼に訪れただけではなかったのか……判らぬなあ。どうも判らぬ)

政宗は小さな溜息《ためいき》を吐いた。自分は、どうやら取り乱している、と思った。

つまり彼にとっては、それほど謎の侍であった。

このとき傷つけられた懐の左の手首が、ズキリと痛んで彼は少し顔を顰《しか》めた。

傷口はすでに血糊《ちのり》が細い瘡蓋《かさぶた》状《じょう》となって、塞《ふさ》がっている。

（京都奈良仏教界より秘かに〝奥鞍馬御所《おくくらま》〟と呼ばれている瑞龍山想戀院《ずいりゅうざんそうれんいん》だが、もはや広く下野に知られているのやも知れぬなあ）

政宗は自分の知らぬところで、何かが大きく回転し始めているような予感に襲われた。気にし過ぎ、あるいは思い過ごしであってほしいと、願うばかりであった。

だがその一方で、二万もの僧徒が奥鞍馬へ奥鞍馬へと続く現象は、瑞龍山想戀院をいずれ〝表の世界〟へ引き出すことになろう、と危惧《きぐ》しもした。

（出来れば華泉門院《かせんもんいん》様を衆目の前に晒《さら》したくはないのだが……）

政宗の足が止まった。九関山宝蔵寺地蔵院《きゅうかんざん》の門前に来ていた。

山門を入って左手の木立の手前に、高さ六、七尺の一本の杭《くい》が地面に打ち込まれていて、その杭の上から順の四か所に環金具《わかなぐ》が取り付けられていた。

一般に上の方の環金具は馬用、地面に近い下の方の環金具は牛用だ。

牛用の環金具を備えているということは、この寺院へ京から公家の牛車《ぎっしゃ》が訪れることもある証であった。

寺院内に、環金具を備えた杭のあることも珍しい。

環金具には二頭の馬が、つながれていた。その奥の庫裏《くり》の前で、早苗が若い僧と何やら話し合っている。

政宗は山門を入り、右手に建つ堂堂たる大屋根の本堂を眺めた。幾人もの旅姿の参拝人が、本堂の前で手を合わせ頭《こうべ》を垂れている。東海道を旅する者にとっては、心の拠《よ》り所《どころ》ともなっている地蔵院であった。

「ここは確か、九百年以上も前に、行基菩薩《ぎょうきぼさつ》によって開創されたのであったな……」

政宗は呟《つぶや》いて、本堂へ近付いていった。

〽**関《せき》の地蔵に振袖《ふりそで》着せて、奈良の大仏婿《むこ》に取《と》ろ**
謡《うた》い呟きつつ、本堂へと寄っていく政宗であった。彼の驚くべき博学多才は、多くは夢双禅師によるものである。とりわけ仏教学、仏教史については、徹底した教えを受けていた。

彼は旅人達の背後に立って、本堂に向け心を鎮めて合掌した。旅人達の合掌祈願は長かった。山賊追剝《さんぞくおいはぎ》の出現は当たり前と心得てよい東海道の旅である。枕《まくら》探《さが》しは尚《なお》多い。全く下痢や風邪にやられず無事に旅を終えることも、決して生易《なまやさ》しいことではない。だから旅人たちは熱心に拝《おが》んだ。

合掌を済ませた政宗は、改めて本堂を眺めた。こうして近くで眺めると造り全体の傷みが、かなりひどい。

（これは建て直さぬといかぬな。浄財を集めているかも知れぬ地蔵院の孤軍奮闘だけに頼っていては、この先二、三十年はかかろうなあ）

政宗は、中央政府である江戸幕府は、地方を見殺しにしている姿勢が強いと、つくづく感じた。この関宿に至るまでの、あちらこちらの光景から、強くそう感じたのである。特に農業政策の貧弱を感じた。

（江戸幕府とは、か弱い俗世の民にとって、一体何の意味があるのか）

政宗はそう考えさせられた。諸藩大名に〝委託〟されている政治が、正しく機能していないことは明らかである、とも思った。

政宗が、まだ拝んでいる旅人達から離れたところへ、早苗がやってきた。

「藤堂貴行の手配りは、きちんと行き届いておりました」

「そうか。藤堂は切れる人物と思うていたが、矢張りのう」

「一刻半ばかり宿場を見て回ってから戻る、と伝えておきましたけれど、それで宜しゅうございましょうか」

「一刻半もあれば、何処《どこ》ぞで蕎麦《そば》でも食して、ゆっくりと宿場を見て回れよう。藤堂は、蕎麦の旨《うま》い店までは教えてくれなんだか」

「は、はあ。それは……」

「ははは。冗談じゃ。さ、参ろう」

「はい」

二人は歩き出した。

「ここまでの旅はどうであった」

「楽しゅうございました」

「なに、楽しかったとな。あれほど激しく馬を走らせたのにか」

「政宗様と旅をすることなど、二度とは叶《かな》いませぬでしょうから」

「そうよなあ。江戸から戻れぬかも知れぬ、危険な旅じゃからなあ」

そういう意味で申し上げたのではありませぬ、と言いたいのを、早苗は堪《こら》えた。

この御方《おかた》は自分などがとても近付けぬ御人《おひと》である、と次第次第に判ってきている早苗であった。

判るにしたがって、淋しさは募《つの》るばかりだった。

「のう早苗よ」

「はい？」

「手をつないで歩いてみぬか。ここまで来れば、知った顔の者に見られる気遣いはないぞ」

「政宗様、それはなりませぬ」

「ん？　駄目と言うのか」

「道往《ゆ》く者達から妙な目で見られるに決まっておりまする」

「何故じゃ」

「何故って……早苗は若武者の身なりですもの」

「あっ、そうか。そうであったな。これはすまぬ」

「ふふふっ」と、早苗は久し振りに心の底から笑った。

「侍同士が街道を手をつないで歩くなど、確かに妙じゃわ」

政宗も笑い、早苗が「ふふふっ」と尚も笑う。嬉しそうであった。手をつないで歩こう、と言《ゆ》うてくれたことが嬉しいのであった。

二人は肩を並べ、街道をゆっくりと見て歩いた。

「見よ早苗。あの店、大層賑わっておるではないか」

「廂《ひさし》の上の瓦《かわら》屋根をのせた庵《いおり》看板が、珍しゅうございますこと」

「**関の戸**、とか書いてあるなあ」

二人は、その店に近付いていった。

「あら、御覧なされませ政宗様。庵看板の反対側は平仮名《ひらがな》でございますよ」

「面白いのう。**京都側が漢字**で、**江戸側が平仮名**という訳か」

「旅人に、京都側、江戸側の方向を示しているのでしょうか」

「なるほど。そうかも知れぬな。いや、そうであろう」

「お店に入ってみましょうか」

「店の名は深川屋《ふかがわや》とあるな。よし、入ってみよう」

「はい」

二人は庵看板が立派な深川屋へ入っていった。広い土間には床几《しょうぎ》が並べられており、旅人達がそれに座って茶を飲み、何やら旨そうに食べている。

早苗が囁いた。

「あれは餡《あん》を求肥《ぎゅうひ》で包んだ御饅頭《まんじゅう》でございますね。美味しそう」

「食べてみようではないか。求肥饅頭は京《みやこ》では美濃屋《みのや》や伊香保屋《いかほや》のものが有名だが」

「私《わたくし》、美濃屋の求肥饅頭を食したことがございます」

「どうやら腹《はら》が鳴《な》ってきたぞ早苗」

「お幾つお召し上がりになりますか。買って参ります」

「私は二つでよい」

「はい」と頷いた早苗は、忙しそうに動き回っている下働きの娘の方へ近付いていった。

床几は店の前にも並べられている。

政宗は店から出て、その床几の端へ腰を下ろした。向かいの建物は「玉屋《たまや》」の暖簾《のれん》を下げた大旅籠で、旅人の出入りがなかなかに頻繁だった。二階には街道に面して、漆喰《しっくい》で塗籠《ぬりこめ》た竪格子《たてごうし》窓《まど》――虫籠窓《むしこまど》――がある。その窓に顔をくっつけて、旅人が街道を覗《のぞ》き下ろしている。

早苗が小皿にそれぞれ求肥饅頭二つをのせて、店から出てきた。小皿とは言っても、杉板を五寸角くらいに切った簡単なもので、それに柿の葉を二、三枚並べて敷き、その上に求肥饅頭がのっていた。

政宗の隣に座っていた旅人が、彼に軽く会釈を残して立ち上がり離れていったので、早苗はそのあとに腰を下ろした。

「幾らであった?」と、政宗は笑顔で訊ねた。

「一皿に二つのせて十文でございました。別に柿の葉代を一文とられましたけれど」

「なに。柿の葉代を一文もとるのか」と、政宗の顔に笑みが広がる。早苗も微笑んだ。

「一つが五文と言いますと、京《みやこ》の串団子一本と同じくらいですわねえ」

「そうよのう。どれ……」

政宗は求肥饅頭一つを手に取って、口へ運んだ。

江戸幕府が金貨、銀貨の流通体制に取り組んだのは、今より七十年ほど前の慶《けい》長《ちょう》六年頃だった。ただ、大衆貨——銭貨——については中世以来大陸から大量に入ってきた渡来銭に頼っていた。

この大衆貨の体制へ幕府が「銭座」を設けて取り組んだのが、寛永《かんえい》十三年頃である。国内の銅の産出量が、増え出した事が契機の一つだった。

こうして鋳造《ちゅうぞう》されたのが、早苗が求肥饅頭代として支払った銅貨、寛永通宝である。なかなかに良き貨幣として、人人の評判はよく、これによって金銀銅の「三貨体制」が整った。

「旨《うま》いではないか」

と、政宗は目を細め、早苗が「ほんに……」と頷いた。

身なりのきちんとした若侍二人が、急ぎ足で深川屋に入っていく。

早苗が小声で言った。

「お店の人の話では、この少し先の川北本陣に、矢張り参勤交代の御大名が入っているそうですよ」

「何処の大名だ」と、政宗の声も低くなる。

「対馬《つしま》府中藩《ふちゅう》だとか申しておりましたが」

「藩主宗《そう》氏の江戸入りかあ。遠い所から大変だなあ」

「**対馬**は軍事的にも外交貿易上にも重要な地でございますことから、参勤交代は三年に一度の筈でございます。確か秋に参勤、二月に就封《しゅうほう》という参勤形態が対馬藩に課せられていたと思いますけれど」

「さすがは早苗。よく知っておるな」

「申し訳ございません。つい……」

「いや。皮肉で申したのではない。諸国の情勢を深く正しく知っておく、ということは大切な事だ。聞く私にとってもよい勉強となる。とくに対馬は、これから先幾百年以上にわたって大事にせねばならぬ第一級の要害の地じゃ。この地を中央政府が軽視すれば、いずれ日本という国は他国に乗っ取られよう」

「左様でございますね。それに参勤交代という制度に内心、反発している御大名は少なくありません」

「それはそうであろう。藩内政は滞《とどこお》るであろうし財政的にも相当な負担となるであろうからのう」

「はい」

「たとえば、遠く薩摩《さつま》あたりから参勤するとなると、およそ如何程《いかほど》かかるのじゃ」

「比較的、正確な数字を把握できております」と、早苗の澄んだ声が、一層のこと小さくなった。

「ほう。是非に聞きたいのう」

「最も近年の参勤経費で約一万七千五百両。薩摩・江戸間およそ三百八十里で割りまするると、一里当たり四十六両の負担となります」

「なんとまあ……」

求肥饅頭を持つ政宗の右手が、呆《あき》れたように宙で止まった。

「それでは薩摩の幕府に対する感情は、煮えくり返っておろうなあ」

「私《わたし》も、そのように思います」

「それだけの金《かね》を藩が内政のために用いれば、藩も栄え百姓町民も大変救われるのにのう」

「諸藩が栄えて力を持つことを、幕府は恐れておりまするゆえ……」

「情けなや。それこそ後ろ向きの発想ぞ。諸藩が栄えて民百姓の生活が安定すれば、幕府も更に栄えるという将来指向の見方こそが大切なのじゃ。違うか」

「仰せの通りかと……」

「外様《とざま》大名は支藩を抱えている場合が多かろう。どこの支藩も欠かさず参勤を強制されておるのか」

「そうである場合と、そうでなき場合とが、ややこしく交差しております……支藩まで参勤を命ぜられている藩は大変な負担でございますね」

「ふむう。そうであろうなあ。台所は火の車であろう。内政どころではあるまい」

「政宗様。この店先で、これ以上に難しい話は宜しくございませぬ。止《よ》しませぬか」

「判った。止そう」

小声で言って、政宗は厳しい表情で息を一つ吐いた。

求肥饅頭を食べ終えた二人は、賑わっている街道を東追分の方角に向かってぶらぶらと歩いた。

「ほほう。ちゃんと両替商もあるなあ」

幾らも歩かない所で、政宗が街道の左手を、顎《あご》の先で軽くしゃくって見せた。

江戸にも出店を持つ「橋爪屋《はしづめや》」であった。関宿では大金持として知られている。

「政宗様。ここで少し両替しておいた方が、道中助かるやも知れませぬ」

「そうか」

「申し訳ございませぬが暫く店先で御待ち下さりませ」

「のんびりと先へ行ってみる。後から追いついてくれぬか」

「承知しました。そう致します」

頷いた早苗は、両替商橋爪屋の暖簾を潜った。旅人の出入りで、ごった返している両替商だった。

宿場に於ける両替商の存在は重要である。

上方《かみがた》では、もちろん金貨も用いられてはいたが、銀貨——丁銀《ちょうぎん》、豆板銀《まめいたぎん》など——の重さを計って用いる「秤量貨幣《ひょうりょうかへい》」が中心だった。

一方の江戸では金貨の枚数による「計数貨幣」が中心で、両《りょう》、分《ぶ》、朱《しゅ》の三貨が流通していた。たとえば、一両小判だと、二分金で二枚、一分金で四枚、二朱金なら八枚、一朱金なら十六枚に相当する。

また一両小判は丁銀・豆板銀六十匁《もんめ》に相当し、これは五匁銀で十二枚、一分銀で四枚、二朱銀なら八枚、一朱銀なら十六枚という具合だった。

これらは幕府が決めた公的な交換割合である。これが裏《うら》相場と鎬《しのぎ》をけずっていた。

ただ、民百姓の日常生活に欠かせないのは、やはり大衆貨である「銭貨」であった。この銭貨を一両小判もしくは丁銀・豆板銀に替えようとすると、少なくとも四千文を必要とした。少なくとも、と言うのは、銭貨相場も変動にかなりの幅があったからである。末端貨幣だけに、裏相場が強い損な一面があった。

少しばかり歩いて、政宗の足が止まった。

「御侍様。今日は関宿でお泊まりですか。いい娘《こ》がいるんですが」

目つきの悪い、うさん臭い印象の三十男が、政宗に近付いて小声をかけた。

が、政宗の目は半町ばかり先を見ていた。

「あれだな。川北本陣は」

呟いて政宗は歩き出した。侍が数人、往来に出て辺りを睨《ね》め回している。対馬藩の警護の侍達であろうか。ぴりぴりした雰囲気である。

「ねえ、御侍様……」

政宗に声を掛けた、うさん臭い三十男は、政宗の前に回って猫撫で声を出した。

「御侍様が泊まって下さらないと、病気の女房《かかあ》と子供に薬を買ってやれないんですよ。ねえ、御侍様」

さきほど深川屋へ入っていった若侍が、求肥饅頭の包みらしいのを手に、小駆けで政宗を追い抜いた。

その急ぎ様《よう》から見て、どうやら藩公に食して貰う求肥饅頭を買いに行ったようであった。「ああ宮仕《みやづか》え」である。

若侍二人が、川北本陣へと入ってゆく。

「ちえっ、ウンとかスンとか言いやがれボケ」

うさん臭い三十男が、捨て台詞《ぜりふ》を吐いて、政宗から離れていった。

次第に近付いてくる政宗を、川北本陣前の侍達が認めた。往き来する旅人が少なくないというのに、真っ直ぐに政宗を認めた。かなり緊張している。

(何かあるな……)と、政宗は思った。

このとき早苗が後ろから追いついて来たので、政宗は歩みを止めた。

「両替を済ませました。これで、お団子も田楽も求肥饅頭も面倒なく買えましょう」

「小銭に替えれば巾着《きんちゃく》が重くなって大変であろう。半分は私が持とうか」

「ふふふっ。それほど大量には替えておりませぬから、お任せ下さいませ」

早苗が含み笑いを漏らした。

「そうか」と、政宗も口元を緩める。

「あれが川北本陣でございますね」

早苗が真顔になって、こちらを眺めている侍達に視線をやった。

「何やら緊張しておるようだ」

「そのようで、ございますね。何かあったのでしょうか」

「この辺りで引き返すか」

「はい」

二人は対馬藩が宿をとっているという川北本陣に、背を向けた。

「参勤交代などを廃止して、その道中経費を藩内政に投ずれば藩は活力を得るであろうが、宿場町は衰えるであろうかのう」

「私は衰えるとは思いませぬが……」

「何故じゃ」

「宿場の茶屋も菓子屋も旅籠も、また代馬持や居酒屋や草鞋《わらじ》売りなどの往来稼業の多くは、参勤交代とは全く関係のない市井の旅人達の道中経費によって成り立っております」

「では参勤交代を無くしても、宿場町には余り影響はないな」

「私はそう思いますけれども……」

「ふうむ」

「現在《いま》、制度として定着いたしております参勤交代は、五、六十年前に神君《しんくん》家康公がお定めになられた武家諸法度の元和《げんな》元年令第九条の〝諸大名参勤作法之事〟で始まり、寛永十二年令で本格的な歩みを見せ、寛永十九年に至って大凡今日《おおよそこんにち》のような姿になったと認識しております。違《ちご》うておりますでしょうか」

「違うてはおらぬ。その通りじゃ。徳川三代将軍家光《いえみつ》殿は、父であり大御所である秀忠《ひでただ》公が寛永九年正月に亡くなられた時、西の諸大名に対し〝葬儀に訪れる必要なし。その場を動くな〟と命じられた。恐れたのじゃな。西の諸大名が、この機《き》に乗じて謀反《むほん》を起こすのではないか、とな。小心なその恐れが、寛永十二年令へとつながっていった」

「はい。寛永十一年令では、諸大名の妻子が実質的な人身御供《ひとみごくう》として、江戸住まいをすることとなり、寛永十二年六月には諸大名が江戸城に集められ、井伊直孝《いいなおたか》様たち御老中が十二年令の発布を伝えられました」

「うん。その十二年令の全十九条を諸大名に対し朗朗と読み上げたのは、幕府の儒官であった林羅山《はやしらざん》殿であった筈じゃが」

「仰せの通りでございます」

「その全十九条の中の……ええと……」

「第二条で、大名小名在江戸交替相定むるところ也《なり》、と参勤交代が明確且《か》つ具体的に定められましてございます」

「うむ。第二条だったかのう。それにしても早苗は博学じゃ。大坂屋弥吉《おおさかややきち》殿が惚《ほ》れ込んで、祇園《ぎおん》下町代の話を持ってくるのも無理はないわ」

「そんな……」

「全十九条より成る寛永十二年令は、徳川将軍家にとっては画期的な法度と言えば言えような。参勤交代の他に、城は新築するな、城の修理は勝手にするな、諸国に変事が生じても藩の判断で出兵せず幕府の指示を待て、私的結束や私闘はするな、私的関所を設けるな、大船は建造するな、など諸大名を雁字搦《がんじがら》めじゃ。いずれは、この雁字搦めの反動は津波のごとく生じてこよう」

「政宗様。周囲《まわり》にお気を付けなされませ。誰が聞き耳を立てているか知れませぬ」

「現将軍家綱《いえつな》公の代になって、荷役船は大船でもよい、と改まりはしたがその一方で、武士は公家と勝手に婚姻するな、など下らぬ条文が付け加えられもした」

「政宗様……」と、早苗が困ったような表情を強めた。

「ははは。判った。もう止すとしようか」

二人は、九関山《きゅうかんざん》宝蔵寺地蔵院の山門前まで引き返していた。

三

風呂を済ませた早苗は、自分に与えられた庫裏の一室へ戻り、広縁に座して秋の月を眺めた。その月から降り注ぐ青白い光が、見事に赤く色付いたモミジを不思議な色に染めている。

何色とも言えず、幻想的であった。

「綺麗……」と呟いて、彼女は膝をほんの少し崩した。若衆姿は、すでに元の早苗の姿に戻っていた。政宗が広い庫裏のどの部屋に通されたのか、早苗は知らなかった。食事も別別だった。藤堂貴行の手配りで早苗を若衆侍ではなく女性と知っていた地蔵院の、それが作法であった。寺院内にあっては男女床を同じゅうせず、が寺の決まりであるとすれば従うのが、これまた作法であり仕方がなかった。

湯にゆっくりと浸《つ》かって火照《ほて》った体に、モミジの木立の間を縫うようにして、ときおりソヨと吹いてくる秋の夜風が、心地良い。

「いまごろ政宗様は般若湯《はんにゃとう》を楽しんでおられるのであろうか……」

早苗は盃を手にして月を仰ぐ政宗の、端整な横顔を想像した。ほんに絵のような御姿《おすがた》であること、と彼女は小さな溜息を吐《つ》いた。

(あの方《かた》は光源氏《ひかるげんじ》で私は六条の御息所《みやすどころ》であろうかなあ)と戯《たわむ》れた想いが脳裏を過《よ》ぎる。

胸が熱くなった。

光源氏に遠ざけられた六条の御息所でもよいから、せめて長く御傍《おそば》にいたい。

そう想うのだった。なんだか自分が、哀れにも見えてきた。

「政宗様は止ん事無《ごとな》き御方《おかた》」と早苗は見当を付けてはいたが、しかし、その真の素姓は未だ知ってはいなかった。

知らぬ方がいいのかもしれない、との思いが彼女の心の片隅にはある。それは、(知ったとたん余りの事に自分は苦しむのではないだろうか)という、恐れでもあった。

「ふう……」と、早苗は月を眺めて、か細く息を吐いた。両の肩から力が脱《ぬ》け落ちていく。

このとき、ジャリッという音が、モミジの木立の向こうから聞こえてきた。

早苗の美しい表情に、反射的な〝気〟が漲った。かたち良い二重《ふたえ》の切れ長な瞼《まぶた》がやや細くなり、険しくなった視線がモミジの木立の向こうに注がれる。

見透《みす》かそうとでもするかのように。

が、モミジの樹は一本や二本ではなく、ちょっとした林と称してもおかしくないほど、びっしりと庭を埋めていた。その先に恐らくあろう竹編《あ》みの塀すらも見えない。

早苗の長い睫《まつげ》はピクリとも動かなかった。体も微動だにしない。

全神経を、モミジの木立の向こうへ放っていた。

雲が流れてきたのであろう、月明りが次第に翳《かげ》ってゆく。

ようやく彼女は中腰となって後退《あとずさ》り、床の間そばの行灯《あんどん》にやわらかく息を吹きかけて炎《ひ》を消した。

同時に雲が月明りを遮断して、漆黒の闇が地上を覆った。

床の間に横たえてあった刀に、早苗が手を伸ばす。

闇の中で摑んだ大・小刀を、幅広の帯にしっかりと通して、彼女は広縁から庭先へと下りた。闇は早苗の眼にとって、苦とはならない。

足にしたのは、草鞋《わらじ》。それも質素な作りの。

彼女にとっては、有難かった。雪駄に比し、足音を立てない。しかし、旅草鞋《たびわらじ》のように甲の結びが無かった。激しい動きによっては、脱げる恐れがある。

が、意に介さず早苗は、モミジの木立の中へそろりと踏み入った。

再び、月明りが降り注いで、早苗は木立の間を静かに進んだ。
十五、六間《けん》ばかり進むと、モミジの木立が切れて、目の先三、四間の所に胸ほどの高さの竹垣があった。

立ち止まって、その向こうを早苗は見た。鋭い眼差《まなざ》しは、月明りを裂いて真っ直ぐに突き進んだ。

彼女は傷みのひどい古い本堂を、真横から眺める位置にいた。白い玉砂利を敷き詰めた広い境内は、月明りを浴びて玉砂利の一粒一粒が輝き、ほんのりと明るい。

その、ほんのりとした明るさの中に、人影が一つあった。

こちら――早苗の方――を、じっと見つめている。顔立ちまでは判らない。が、腰に二刀を帯びていることから、明らかに侍と思われた。

早苗は竹垣まで進み、それに軽く手を触れたと見るや、フワリと蝶のように飛び越えた。着地も音を立てない。

そして無言のまま、身じろぎ一つしない人影――侍――に近付いて行った。

相手と二、三間隔てて早苗は立ち止まった。すでに左手親指の腹は顎に触れていた。

目の前の侍の面立ちは、早苗にはしっかりと見えている。

やや細く流れている目、通った鼻筋、真一文字に引き締まって見える品位漂う口元。男らしい力強い風貌《ふうぼう》だった。政宗の優しい彫りの深い端整さとは、対照的である。

月が流れ雲に隠されて、直ぐにまた現われた。

月明りは、更に強まって、侍の凜凜《りり》しい面貌《めんぼう》が一層のこと鮮明となる。

と、此処に来ても一言も発しなかった早苗が、驚くべき動きを見せた。

相手に対し、丁重に頭を下げたのだ。作法に徹した美しい腰の折り様《よう》だった。

それでも左手親指は、大刀の鍔にある。目つきは……険しい。

「美しゅうなったのう早苗。やわらかさの中のスキの無さも、一段と見事ぞ」

侍が口を開いた。労《いた》わるような響きがあった。

「………」

早苗は答えなかった。答えなかったが、険しい目つきが……足元にスウッと落ちた。

その顔が、次第に苦しさを見せ始める。

侍は、政宗と刃を交わし、共に軽く傷ついた、あ・の・侍だった。

「藤堂貴行も塚田孫三郎《つかだまごさぶろう》も元気に致しておるか」

「…………」

答えなかった早苗の左手指が、刀の鍔から力なく離れた。

「そうか、元気か。何よりだ。元気であることが一番よい」

「…………」

思い直したように、早苗の左手指が、また鍔に触れた。

「早苗よ。このまま京へ戻るがよい。そなたなら、政宗殿を説得できよう」

「…………」

「江戸を目指すなど、暴挙に過ぎる。そうは思わぬのか」

「…………」

「私は早苗の身を気遣《きづこ》うて言うておる。政宗殿の立場を悪うしてもならぬ」

「…………」

「政宗殿の動き次第では、朝幕関係に大変な緊張が走る、とは思わぬのか」

「え……」と、形よい早苗の唇から、はじめて小さな声が漏れ、足元に落ちていた視線が侍の顔へ戻った。

「早苗、そなたまさか……松平政宗殿の真《まこと》の身分素姓を知らぬのではあるまいな」

「存じております。止《や》ん事《ごと》無き御方《おかた》であると」

「確かに止ん事無き御方、ではある。では、具体的に政宗殿の身分素姓を申してみよ」

「申せませぬ。私《わたくし》の口からは迂闊《うかつ》には言えませぬ」

「そなた矢張り、政宗殿の身分素姓を知ってはおらぬな」

「………」

早苗は、またしても視線を足元へ落とした。

「心を鎮《しず》めて聞くがよい。政宗殿の御父君は下居《おりい》の帝《みかど》、つまり後水尾《ごみずのお》法皇様ぞ」

「なんと……なんと申されました宗重《むねしげ》様」

宗重様、という言葉がはじめて早苗の口から出た。

大きな衝撃を受けた早苗であった。大衝撃であった。自分なりに想像していた〝止ん事無き御方〟を遥かに超えている、相手の言葉だった。

「それは……それは真実《まこと》でございまするか」

「賢明なそなたに嘘《うそ》を言うても、はじまるまい」

「信じられませぬ」

「信じられませぬ、ではなくて、信じたくないのであろう」

「………」

早苗の美し過ぎる表情が、今にも泣き出しそうになった。

宗重なる侍の、落ち着いた言葉が続く。

「政宗殿を生みし実の母君は累代昇殿を許されておる堂上《とうしょう》公家、八条小路《はちじょうこうじ》家の姫《ひめ》君万里子《まりこ》様で、高位の女官として殿中に在《あ》る時に、当時の天皇であられた後水尾政仁《ことひと》様の御手がついて、政宗様の御誕生となった」

「………」

早苗はうなだれ、ぶるぶると肩を小刻みに震わせた。哀れな程であった。

「現在、政宗様の実の母君は、奥鞍馬の門跡寺院である瑞龍山想継院にて華泉門院八条小路万里子様として、ご健在であられる。美しい尼僧だそうな」

「信じられませぬ。聞きたくもありませぬ」

「それ程までに、政宗殿に心を奪われてしもうたか早苗」

「何故に……何故にそのような酷い話を、私《わたくし》に打ち明けなされますのか」

「大人しく京へ引き返して貰いたいからじゃ。せめて早苗だけでもな」

「政宗様が一人でも江戸へ向かわれなされたら……」

「斬る。そなたが、どうしても政宗殿に従うと申すなら、そなたも斬らねばならぬ」

「宗重様は、それほどまでに政宗様の江戸入りを恐れなさいますのか」

「探索して阻止《そし》すること。それがこの宗重に与えられた使命じゃ」

「どなたに命じられたのでございますか。幕府老中会議でございますか」

「愚《おろ》かな問い掛けをするものではない。子供同士が話し合《お》うているのではないぞ」

「私《わたくし》は政宗様に従いまする」

「どうしてもか。朝幕関係が激しく揺れることになるぞ」

「政宗様の冷静さ沈着さを信じております」

「どうしてもだな」

「はい」

「では、そなたも斬らねばならぬ」

「お相手致します。かなわぬまでも……」

早苗は左足を僅かに引いて腰を落とし、刀の柄に右手をかけた。うなだれ、うち拉《ひし》がれたそれまでの早苗の目が、爛爛《らんらん》たる鋭さを放ち始める。

「ふむう、さすが早苗。一分のスキもなし」

そう言って宗重なる侍は、小さく溜息を吐いた。

「此処は名刹《めいさつ》、九関山宝蔵寺地蔵院ぞ。刃を振るう場ではない。今宵《こよい》ひと晩、心静かに考えを整えよ。それでも考え改まらぬ時は、覚悟《かくご》するがよい」

「宗重様は、どちらへ宿を取っておられますするか」

「政宗殿のために、寝込みを襲う積もりか」

「そのように卑劣な事は致しませぬ」

「ならば私が何処に宿を取っていようが、気にかける事はなかろう」

「そうは参りませぬ」

「ん？」

「この刻限、この地蔵院の境内に現われたるは、政宗様や私《わたくし》を亡き者にせんがためでありましょう」

「ゆえに先程申したであろう。私の任務は探索と阻止であると」

「阻止の理由《わけ》を白状なされませ」

「これはまた、白状とは厳しい言葉遣いじゃのう。はははっ」

宗重なる侍は、低く笑った。

「早苗よ、このことを知っておくがよい。奥鞍馬のその奥の険しい地にな、市井の人人には馴染《なじ》みの薄い蓮華《れんげ》観音宗《かんのんしゅう》大本山芳妙寺《ほうみょうじ》という大寺院がある。この寺院は創建二百年となる名刹だが、修験者《しゅげん》のための寺院として知られており、破邪の炎《ひ》渡りと申す勇壮な祭礼が毎年秋に行なわれる」

「訪れたことはありませぬが、その寺院の名や祭礼については、存じております。耳にした事がある、という程度に過ぎませぬが」

「この芳妙寺だが、瑞龍山想戀院と緊密な関係があってのう」

「瑞龍山……政宗様の母君様とつながっていると申されるのですか……」

「うむ」と頷いて、宗重なる侍は言葉静かに続けた。

「芳妙寺は荒法師の寺院、想戀院は尼僧の寺院。だが強い絆《きずな》で結ばれておると知るがよい」

「強い絆とは？」

「想繼院はその広大な奥鞍馬の寺領を、大勢の屈強の剣僧達によって、さり気なく守護されておる。剣僧、つまり荒法師じゃ」

「真実《まこと》でございまするか」と、早苗は月明りの下《もと》、目を見張った。驚いていた。

「真実《まこと》じゃ。そして現在《いま》、芳妙寺へ五畿内、いや、それ以上の遠国より荒法師が続続と参集しつつある。誰が檄《げき》を飛ばしたのかまでは判らぬが、私が見当をつけた限りでも、その数は五、六千を超えていよう」

「五、六千……」

「集まる勢いは衰えてはおらぬ、と見たから最終的には一万や二万を超えるやも知れぬな。これはとても単なる祭礼の集まりとは思われぬわ」

「卑劣な」

「なに、卑劣とな？」

「宗重様は門跡寺院である瑞龍山想繼院という聖域にまで、探索の手を広げておられたのですか。崇高な柳生《やぎゅう》新陰流の精神を輝かせておられた柳生宗重様は一体、何処へ行ってしまわれたのです」

「私の剣も精神も何ら変わってはおらぬ。そなたを大切に思う気持もな。ただし、与えられた使命は疎《おろそ》かには致さぬ。早苗が危険に走る、と判断した場合は、わが腰の剣は容赦なく鞘《さや》より放たれよう」

「おめおめとは、殺《や》られませぬ」

「そなたなら、相打《あいう》ち覚悟で挑んでくれば、その切っ先は私の手の甲くらいには届こう。だが私を倒すことは無理じゃ。もう一度言うぞ早苗。京へ引き返すのじゃ」

早苗に柳生宗重と言われた侍は、そう言い残してゆっくりと踵を返した。

その凜《りん》たる後ろ姿を、力なく、じっと見送る早苗であった。

第十七章

一

早苗は竹垣を音もなく身軽に飛び越えて、庫裏《くり》の座敷に戻った。

「蛇に睨《にら》まれた蛙、とはこの事か」

呟《つぶや》いた早苗は腰に帯びた大・小刀をとり、がっくりと座り込んだ。文武に於いてては余程の相手でない限り負けぬ自信はあった。激しく厳しく苦難の修練を積み重ねてきた積もりである。自分には〝文〟の知識も〝武〟の業《わざ》も充分に備わっていると思ってきた。自惚《うぬぼ》れではなく、確かな自信であるという自覚があった。

だが……。

（あの御人《おひと》には勝てない）

そう思った。恐らく政宗様でも勝てまい、とも思った。

（それにしても政宗様が、法皇様の血筋の方《かた》であられたとは……）

早苗は、政宗の存在を遠くに感じた。自分の手が届く御人《おひと》ではないと判って、悲しみと絶望感に見舞われた。

早苗は、ひとり泣いた。自分の置かれている忌《い》まわしい危険な立場を、呪《のろ》った。この宿命的な立場へ、政宗様をこれ以上引き込んではならぬ。そう考えて、早苗は着物の袂《たもと》で、あふれる涙を拭《ぬぐ》った。

彼女は広縁に出て月を仰いだ。神神《こうごう》しい月よ私を守っておくれ、そう語りかけて決意が固まった。双つの目がきりりッとなる。

腰に二刀を帯び、早苗は再び庭先に下り立とうとした。

「何処へ行《ゆ》く」

不意に背後から声が掛かって、微塵《みじん》も気配を感じ取れていなかった早苗の肩がビクンッとなった。

振り返ると、政宗の長身が、半ば開かれた襖障子《ふすま》の向こうにあった。

「あ、これは……ただ今、行灯《あんどん》の炎《ひ》を点《とも》しまする」

「いや。消えたままでよい。差し込む月明りで充分じゃ」

「で、では御座蒲団《おざぶとん》を……」

「うん」

土瓶徳利《どびんとくり》と盃二つを手にした政宗は、広縁そばに敷かれた座蒲団の上に腰を下ろした。

「御住職がな、そなたが寂《さみ》しがっているやも知れぬから、と気をきかせ勧《すす》めてくれたのじゃ」

そう言いつつ二つの盃に、般若湯を満たす政宗だった。

早苗は腰の大・小刀をとり、政宗から一間《けん》程も離れて、うなだれた。

「どうした。訪ねて来たのが迷惑であったか」

「いいえ……」

「ならば少し付き合《お》うてくれ。酒は一人よりも二人が旨《うま》い」

「……………」

「二刀を帯びての夜歩きなど、月夜には似合わぬぞ」

「……………」

「さ、そばに来て盃を手に取りなさい」

「はい」

早苗は、政宗のそばへ寄った。

月の光浴びた政宗の秀麗な面立ちを見つめる早苗の両の目から、みるみる涙があふれた。

こらえ切れなかった。

「無作法を……無作法をお許し下されませ」

「泣いても笑《わろ》うても、そなたは綺麗《きれい》じゃ。まるで天女ぞ」

「政宗様……」

早苗は政宗の膝《ひざ》に顔を伏せ、背中を震わせた。嗚咽《おえつ》が漏れた。

政宗が盃二つを広縁に置く。そして月を見上げ、優しく……それこそ菩薩《ぼさつ》の手が舞うかのように優しく、早苗の背を撫《な》でさすった。

何も言わなかった。何も訊《たず》ねなかった。無言であった。月を見上げる目が涼しい。

床の下で、蟋蟀《こおろぎ》が鳴き出した。チロチロ、コロコロ、と……。

雲が流れて月が隠れ、直ぐにまた現われた。それが、二度、三度と繰り返される。源氏歌舞伎《かぶき》の幕の如くに。

暫くして、早苗の背の震えが治まった。が、政宗の手は、休まなかった。幼子《おさなご》に対するように、休まなかった。

チロチロ、コロコロ……蟋蟀《こおろぎ》がまた鳴き始める。

と、政宗が抑《おさ》えた声で、ひっそりと謡い出した。

〽蟋蟀《こおろぎ》の　妬《ねた》さうれたさ　や　御園生《みそのふ》に参りて　木の根を掘り食《は》むで
おさまさ　角《つの》折れぬ　おさまさ　角折れぬ
おさまさ　妬《ねた》さうれたさ　御園生に参り来て　木の根を掘り食むで
おさまさ　角折れぬ

平安貴族が何百年もの間、馴染《なじ》み愛唱してきた古謡、神楽歌の中の「蟋蟀《こおろぎ》」であった。御所の田畑に迷い入った蟋蟀が、食べてはならぬ物を食べてしまい、自業自得に陥った、とでも言う意味なのであろうか。

謡い終えて、ようやく政宗の手が早苗の背から離れた。

「お見苦しいところを御見せ致してしまいました。お許し下されませ」

早苗は退がって両手をつき、深深と頭を下げた。

「もそっと近《ちこ》う来なさい。せっかく御住職が気を利かせて下された般若湯だ。月でも眺めながら飲もう」

「政宗様。実は……」

「今宵の月は綺麗ではないか。庭のモミジの熟しようも見事ぞ。このような夜はな、酒に限るぞ。なあ、胡蝶《こちょう》の女将《おかみ》よ」

「政宗様……」

「さあ、私の横に御出《おいで》」

「は、はい」

促されて早苗は、政宗のそばへ恐れるように肩を小さくし、寄っていった。

「さ……」

政宗に差し出された盃を、早苗は受け取った。まだ目に涙があった。

「御住職が申されておった。近頃、東海道のあちらこちらで、大名行列を狙《ねら》う野盗や山賊《さんぞく》が横行《おうこう》しておるそうな」

「まあ」

政宗の話に、早苗が真顔に戻った。

「なんでも二手《ふたて》に分かれ、一団は大名駕籠《かご》を襲うと見せかけ、行列が動揺するスキを狙って、金品を収めた長持《ながもち》に別の一団が襲いかかるらしい」

「それでは実際に被害が出ているのでしょうか」

「大名にとっては外聞をはばかるので、表沙汰《ざた》にはなっていないようだがな」

「でも、大名行列を襲うとなると、相当大きな集団でなければ……」

「早苗は心当たりがないのか。それが出来そうな、大きな野盗、山賊の集団に」

「尾張《おわり》から駿府《すんぷ》にかけての一帯で、日本右衛門《にっぽんうえもん》と名乗る野盗の首領《かしら》が、百騎以上の大集団を率いている、という噂《うわさ》は耳にしたことがございます。ただ、それは飽くまで噂話の域を出てはおりませぬ。私が知る限りでは、日本右衛門の集団を見た者はおりませぬから」

「百騎以上と言うからには……」

「馬を操る集団と言う事でござりましょう」

「うむ。それにしても日本右衛門とは、面白い名じゃのう」

「川北本陣の対馬藩がいやに緊張しているのは、日本右衛門が動き始めているらしい、という情報を確かな筋から得たからかも知れませぬ」

「遭うてみたいものよの。その野盗集団に」

「馬の操り様《よう》や武具の身に着け方を見れば、元武士か単なる土賊《どぞく》か見当がつきますけれど」

「明日は遠江国《とおとうみのくに》の新居宿《あらいじゅく》まで一気に駆けるぞ」

「はい。馬の用意は大丈夫でございます」

「東海道第三十一の宿であったな、新居は」

「左様でございます。新居まで参りますと、江戸日本橋までは残すところ六十八里と少しかと」

「新居には確か関所があったと思うが」

「神君家康公が六十九年前の慶長《けいちょう》六年に設けた今切《いまぎれ》の関所がございます。でも近頃では、新居の関所と呼ばれることが多うございますけれど」

「私は江戸への旅は初めてであり、関所の事情はよく知らぬ。今切、いや、新居の関所とはどのような所なのだ」

「箱根の関所と並びまして、幕府が最重要視している関所であると思うておりますが」

「すると大層厳しいな」

「女の出入りについては、特に厳しく取り調べられることで知られております。鉄砲の出入り改めよりも厳しいとか」

「事実上の人質として江戸住まいを強制されておる大名の妻女が、古里の藩に向けて逃げ出しはせぬかと恐れて厳しく改めておる訳か」

「最大の理由は、それであろうと存じまする」

「気の小さな幕府じゃのう。余す所なく善政《ぜんせい》を敷けば、藩も民百姓も幕府に感謝しこそすれ、謀叛《むほん》を企てることなどあるまいに」

「常に自信がないのでござりましょう。善政を敷いているのだ、という自信が」

「関所など無用の長物だと思うが、新居の関では、女のそなたは厳しく取り調べられような」

「私は大丈夫でございます。大坂屋弥吉殿ほか町内の有力者が動いて下さり、菩《ぼ》提寺《だいじ》参りとして、京都町奉行所より正真正銘の関所手形を何なく頂戴《ちょうだい》致しましたゆえ」

「早苗はすでに胡蝶の女将として、京都町奉行所の役人達の間でもなかなか評判のようじゃからなあ。関所手形くらいは易易と下りたであろう」

「政宗様の関所手形も取り揃えてございます」

「ん？　私は何ら動かず、そなたに任せっ切りであったが、問題なく手に入れたと申すか」

「ふふっ」と、早苗が小さな含み笑いを漏らした。さきほどまで泣いていた表情が、その一瞬で、胡蝶の女将の美しさ艶《あで》やかさを一気に取り戻した。

「政宗様は恐らく御公家様の御血筋であられよう、と判断致しました藤堂貴行が、塚田孫三郎と相談致しまして、公家手形を担当致しまする京都所司代の関所手形を整えました」

「私が横着を決め込んで動きもせなんだのに、私を斜めに見ておる所司代はよくぞ手形を発行してくれたものじゃのう」

「ですから、整えたのでございます」

「整え？……あ、さては早苗」

「はい。その、さては、でござります」

「大胆じゃ。これは驚いた」と、政宗は目を細め、表情を緩《ゆる》めた。

「塚田孫三郎は、その道にかけては天性の才に恵まれております。書式、文字、書体、刻印に寸分の違いはなく、それはまさに完璧《かんぺき》なる本物でございます」

「はっはっは。これは愉快ぞ。天下の箱根の関所と並ぶ新居の関所が、塚田孫三郎の特異な才能で、間《ま》もなくいとも簡単に破られるとはのう」

「あ、政宗様。壁に耳あり障子に目あり、でございまするゆえ御声を少し……」

「なあに構わぬ。実に愉快ぞ」

そう言うと、政宗は盃の酒を、さも旨そうに飲み干した。

早苗も、困ったように微笑みながら、盃をそっと形よい唇に触れさせた。

「一体全体この国に幾つの愚かな関所があるのじゃ。教えてくれぬか早苗」

「実際に関所としての役割を果たしている所は、三十五、六か所でございましょう。ほとんど旅人が通らぬ関所を含めますと五十か所を少し超えましょうか」

「それ程もあるのか。幕府の小心ぶりにも呆《あき》れるなあ」

「ですが、この関所の設け方には、大きな問題がございます」と、早苗の声が低くなる。

「と、言うと?」と、政宗も声の調子を落とした。

「幕府の関所がある国で、最も西に位置するのは、近江でございます」

「なにっ。すると近江から西には幕府の関所は一か所も無いと言うか」

「ございませぬ。ただ、各藩が独自に設けている口留番所《くちどめ》というのはございますが」

「口留番所を置いている藩というのは？」

「一般に外様大名の領地に多く設けられております」

「幕府の密偵《みってい》を捕縛するためにか？」

「それも表には出せない隠された一つの役割でございましょう。捕えて密かに処刑すべく……」

「近江から西に幕府の関所が一つも無いとなると、危ないぞ早苗」

「はい。仰せの通りかと」

「儀礼的形式的には幕府に従《したご》うてはいても、感情的反発を内心に抱いている西国の外様大名が不穏な動きを起こしても、関所が無くば動静の情報が素早く幕府へは届かぬわ」

「したがいまして将来、幕府を倒そうとする力が台頭するとすれば、西国の雄藩として知られる周防《すおう》、長門《ながと》、肥前《びぜん》、薩摩の国国ではないかと、私は考えております」

「うむう」

「つまり九州、四国、中国地方には関所がありませぬゆえ、関所手形発行の権限を有する者も存在致しませぬ。そこで、こうした国の人は京都まで訪れ、その身分素姓別に、京都所司代や京都町奉行所で関所手形を発行して戴いている訳でございます」

「馬鹿馬鹿しい」

「確かに」

「極端を申せば、そのような状態では、薩摩や長州の大軍が京都所司代の前に現われるまで、叛乱軍の詳細な動きの情報は幕府にまで達せぬ、という事になる」

「はい」

「全く幼《おさな》い政治であるのう」

「お言葉を返すようでございますが……」

「構わぬ。申してみよ」

「四代将軍家綱様は、穏やかで控え目な御性格という噂ですけれど、今の政治の長所と短所をしっかり見極めておられる御方のように思われます」

「幕府の酷い任務を辛《つら》い思いで遣り遂げてきた早苗が、そう言うなら、そうなのであろう。私は早苗の言葉を信じよう」

「有難うございます」

「辛気臭い話は、この程度にしておこうかのう。般若湯が不味《まず》くなるわ」

「それが宜しゅうございます。そう致しましょう」

二人はどちらからともなく、ゆっくりと盃を口に運んで皓皓《こうこう》たる月を見上げた。

二

翌朝七ツ半。

朝の空の端がまだ多少の暗さを残しているなか、政宗と若武者姿の早苗が地蔵院の老住職寛善《かんぜん》と小僧に見送られて庫裏の外へ出てみると、百姓風の中年の小柄な男が馬二頭の手綱を手に待機していた。

政宗は老住職に対し、丁重に腰を折った。

「和尚殿。大変お世話になりました。有難うございまする」

「いやいや。帰りにはまた是非、お立ち寄り下され。こちらこそ過分の物を頂戴いたし恐縮しております」

「日本右衛門の話など聞かせて下さり、参考となりました。用心しつつ参ります」

「気の荒い賊だと聞いておりますゆえ、どうか充分にお気を付けなされてな」

「はい」

「これ健造《けんぞう》や。お二人を宿外れまで御見送りしておくれ」

「心得ております和尚様」

馬二頭の手綱を手にしていた中年の小柄な男が、明るい声で応じた。

早苗は、さり気なく幾度も辺りを見まわしていた。柳生宗重がその辺りに潜んでいるのではないか、と緊張に見舞われていた。

「それでは和尚殿……」と、政宗がもう一度寛善和尚に頭を下げて、歩き出した。

早苗も黙って一礼し、政宗の後に従う。

三人が山門から街道に出てみると、すでに旅人達は動き出していた。

朝七ツ半は、旅発つ者にとっては少しも早い刻限ではなかった。

「健造殿。馬の世話をかけたようだな。すまぬ」

「健造殿などと、勿体《もったい》ないことで。健、と呼び捨てにして下され」

「ははは。健造殿でも、べつによいではないか」

「恐れ多いことで。へい」

「そなたは代馬持を商いと致しておるのか」

「いえ。御師《おし》を致しております」

「おお、御師を務めておるのか。大変な仕事じゃのう。地蔵院に属する御師なのだな」

「左様でございます」

「政宗様。御師とは何を意味するのでございますか。お教え下されませ」

政宗の半歩後ろに従っていた早苗が、歩を早めて肩を並べ、小声で訊ねた。

「ほう。博学なる早苗も、御師については知らぬか」

「はい。はじめて耳に致しました」

「ひと言で申せば、布教者だ」

「ふきょう？……宗教を広める布教、でございまするか」

「そうじゃ。特定の寺院に属してな、その寺院の布教活動を主として地元以外の遠隔地で行ない、信者を集め増やさんとする仕事なのだ。そうであるな健造殿」

「はい間違いござえません。その通りでござえます。布教で集め増やした信者の集まりを〝講〟と申しまして、はい……」

「講、ですか」

「その講にはな……」と、政宗が健造のあとを受け継いで、ゆったりと話した。

「伊勢講とか熊野《くまの》講とか金比羅《こんぴら》講とか色色とあるのだ。そのいずれかに信者は入って少しずつ積立てをし、伊勢参りや熊野参りなどを信者同士で楽しむという訳だ。御師の面倒見のよい手配りによってな」

「という事は、御師は信者集めと同時に、旅の案内人も仕事である訳ですね」

「左様。そういうことになる」

「でも健造殿。講に入っている人数が余りに膨らみ過ぎますと、色色と問題が出てくるのではありませぬか」

早苗が、今度は健造に向かって訊ねた。

「へえ。確かに問題が出て参ります。ですから例えば伊勢講に五十人の信者が入っていたとしますと、その五十人分の積立金で、先ず二十五人が伊勢参りを致します」

「まあ。五十人分の積立金で二十五人が旅をするとなると、少しばかり贅沢《ぜいたく》な伊勢参りが楽しめそうですねえ」

「へえ。その贅沢な旅というのが、伊勢講だの熊野講だの金比羅講だのの特徴でございやして。はい」

「そして次には、残りの二十五人が旅する番、ということになるのですね」

「その通りでして」

「でも、私が先に行きたい先に行きたい、と信者同士が衝突いたしませぬか」

「ですから籤《くじ》引《び》きで順番を決めますんで……」

「へえ、面白そうですねえ」

早苗は感心しながら、街道に建ち並ぶ旅籠《はたご》の二階を、政宗に気付かれぬよう、そっと見上げたりした。

三人は川北本陣の前を通り過ぎた。

「対馬藩は、もう発ったようだの早苗」

政宗が抑え気味な声で言った。

「静まり返っておりますし、供侍の姿も見当たりませぬから、早くに発ったのでございましょう」

と、早苗も声を落とした。

「我我も、そろそろ馬を走らせるかな」

「はい。この先を少し右へそれて、脇道へ入ってから走らせるのが宜しいかと……」

「走りやすい脇道を存じおるのか」

「私は表街道をほとんど利用した事がございませぬゆえ」

早苗の声が一段と低くなり、政宗は黙って頷いた。

川北本陣の少し先、御馳走場《ごちそうば》の手前で、早苗は健造に声を掛けた。

御馳走場とは、宿場役人が関宿に出入りする参勤交代の大名行列を、出迎えたり見送ったりする場所のことである。

「健造殿。ここで結構です。お世話になりました」

「え……」と、健造は手綱を引いて足を止め、早苗を見た。

「せめて東追分の辺りまで、お見送りさせて下せえまし」

「私達は、此処から立ち寄ってみたい所があります。案内《あない》はここ迄で結構ですよ」

早苗はやわらかな口調で言い、健造に近寄って予《あらかじ》め袂《たもと》に用意してあった小粒を、彼の左手に握らせた。

「こ、こんなに沢山頂戴する訳には……」

「いいのですよ。受け取って下さい」

「へ、へえ……そ、それでは」

健造は恐縮したように二度頭を下げてから、二頭の手綱を早苗の白い手に預けた。

「それから奥方様……」

健造は「奥方様」という言葉を、ごく自然にサラリと出し、早苗もとまどうことなく「はい？」と笑みで応じた。

「新居の宿の五、六里手前では、表街道も脇街道も、特に山道峠道に入りましたら辺りに気を付けてくだせえまし」

「日本右衛門とかいう凶賊が出没しておるようですね。新居宿の五、六里手前の山中にでも、野盗の隠れ家《かくが》があるのですか」

「隠れ家があるかどうかまでは判りませんが、その界隈《かいわい》にしばしば出ますようで、へい」

「そうですか。では充分に気を付けましょう」

地蔵院の寛善和尚から、旅の災《わざわ》いから身を守るために早苗は若衆姿を装っている、と聞かされている健造は、なお心配なのか視線を政宗に向けた。

「賊の中には剣法の心得ある荒くれが何人もいるようでごぜえやす。遠く迂回《うかい》してでも安全な道を、お選び下せえまし」

「有難う健造殿。なるべく、そのように心がけよう」

「へい、それでは御免なさいまして」

健造は、それでも不安そうに政宗と早苗の顔を見比べつつ、離れていった。

政宗と早苗は少し歩いてから馬上の人となった。

二人が振り返ってみると、健造が川北本陣の前あたりで、心配そうな顔をこちらへ向けていた。

「我我が余程に頼り気なく見えるのであろうかのう早苗」

「そうやも知れませぬ。とくに政宗様は穏やかで優しく見えまするから」

早苗が微笑み、「では脇道を御案内いたします」と手綱を軽く右へ引いた。

見ていた健造が一度だけ首をかしげ、諦《あきら》めたように地蔵院の方へ向かって歩き出した。

二頭の馬は人の往き来のほとんど無い脇街道に出ると、猛然と走り出した。

早苗が前、政宗が後ろに従うかたちだった。

「さすが街道馬。いい馬じゃ」

政宗が馬上で満足気に漏らした。疾風の走り方によく似ておる、と思った。走り方で蹄鉄がしっかりとしているかどうか、政宗にはおおよそ判る。

蹄鉄が粗雑なら、どれほど筋力に恵まれた馬でも、長くは走れない。京、大坂、江戸を除いた地方の蹄鉄技術はまだ未発達なだけに、その点を懸念していた政宗だった。

が、関宿の代馬は、力強く走った。

（それにしても、早苗の乗馬術は見事よのう。あの後ろ姿は恐らく小笠原《おがさわら》流……）

政宗は、そう見抜いた。弓馬術の小笠原家が、清和《せいわ》源氏の本流に辿《たど》り着く名家であることを知っている政宗だった。第十七代宗家小笠原経直《つねなお》の代から、二代将軍徳川秀忠公の弓馬術師範の地位にあって、その後の将軍の師範にも就いている家柄だった。が、正しくは弓馬術師範とは言わず、糾法師範と称し、武士の作法として不可欠な穹《きゅう》法、糺法、躬《きゅう》法、窮法、供法、救法、翕《きゅう》法、鞏《きゅう》法、九法の小笠原家「九つの教え」を指していた。つまり小笠原流弓馬術は、小笠原流礼法術でもあったのである。それも高位の礼法術だった。

早苗はどうやらその呼吸を会得《えとく》している、とここに来て気付いた政宗だった。

三

遠江国浜名《はまな》郡、新居《あらい》宿。

途中で二度馬を替え、走りに走って政宗と早苗がこの宿へ着いたのは関宿を出た翌日の夕暮れ近くだった。日は、西の山の陰に僅かに覗《のぞ》いて濃い夕焼け空が広がっていたが、霧雨が降り出していた。

「本降りの前に着いてよかったな」

「風が生温うございます。恐らく今夜は本降りになりましょう」

「新居の関も何ら問題なく通れたのう。これも塚田孫三郎の特異な才能による公家手形のお蔭じゃ」

「政宗様。声が大き過ぎまする」

「すまぬ。お、あれが藤堂貴行が手配りしたという思案寺《しあんじ》ではないのかな」

「そのようですね。ひと足先に山門を入って、ご住職に会って参ります」

「そうか。うん」

早苗が馬の腹をほんの軽く蹴《け》って、小駆けに政宗から離れていった。

田畑の中を右へ大きく曲がりながら伸びている道は、古墳かと見紛《みまご》う小山の麓《ふもと》で尽き、そこに山門があった。立派な山門であったが、寺院の建物は、こんもりとした森に包まれているのか見えない。

政宗は馬から下りると、霧雨の中を手綱を引き、ゆっくりと歩いた。

馬が鼻を鳴らす。

「よしよし疲れたか。よく駆けてくれたのう。お前の役割は此処までじゃ。礼を言うぞ」

政宗は馬の首筋を、幾度も撫でてやった。

「夕焼け空から降る不思議な霧雨じゃなあ。薄気味悪くもあり、美しくもある」

微笑んで馬に語りかける政宗であったが、馬の返答はなかった。

山門が目の前に近付いた時、彼の足が止まった。そして夕焼け空を仰ぎ見、山の陰に姿を隠そうとする西日を手をかざして眺める。

だが、かざした手の下で彼の目は、西日に注がれてはいなかった。さり気なく辺りに目を配っている。

「気のせいか……」

呟いて政宗は、歩き出した。何者かの気配でも捉《とら》えたというのであろうか。

山門の石段は余り参拝者に好まれぬ九段。九段は苦談《くだん》に通じ「苦しみを訴えた者は誰でも訪れるがよい」という意味でもあるのだろうか。

石段を上がり切った政宗は山門の真下に立って、新居宿の広がりを眺めた。

よく見えた。関所は浜名湖口《ぐち》の西側に在《あ》り、脇本陣が在る浜名湖口東側の船着場までは乗合舟や馬舟《ばせん》で渡らねばならない。馬舟は馬を運ぶ大型の舟で、大名の参勤交代の時は「大名舟」となって幔幕《まんまく》を張り毛槍《けやり》吹流し等を立てる。

夕焼け空を映して赤く輝く水面を、その馬舟や乗合舟がのんびりと往き来している。山門の真下に立つ政宗には、それらが絵のように美しく眺められた。

「それにしても……」

と、政宗は山門を見回した。

(藤堂貴行の顔の広さは、たいしたものよのう。関宿では名刹《めいさつ》地蔵院を宿として押さえ、なおまた新居宿では古刹思案寺ときたか……これは早苗の一党が今でも諸国の忍びや隠密機関と通じる力を持つ証《あかし》であろう)

政宗はしかし、複雑な気分には陥らなかった。早苗の全てを信じてやることこそ、彼女を苦界から救い上げることになる、と思っている。

彼は手綱を引いて、霧雨に濡《ぬ》れる石畳を正面本堂へ向かった。堂堂たる構えの建造物だ。

石畳は本堂の前で左右に分かれ、右へ行くと庫裏なのであろう質素な造りの平屋があって、入口脇の馬杭に早苗の馬の手綱が巻かれている。

政宗は本堂の前まで来て丁寧に頭《こうべ》を下げると、「ほら……」と軽く馬の首筋を叩いた。

馬が心得たように、ゆっくりと仲間の方へ歩いていく。

政宗は石畳を左の方へ歩いていった。

西日を浴びて赤熟したモミジの森の向こうに三重塔と覚しき建造物が相輪を覗かせており、その相輪の先、宝珠《ほうじゅ》が夕焼け色に染まって赤く輝いていた。

政宗はモミジの下の石畳に沿って歩き、真四角な二層の建物——恐らく宝物殿——の横を抜け、相輪で天を指している多層塔の前に出た。

数百坪を白玉石でびっしり敷き詰められた其の中央に、白鳳《はくほう》文化期の代表的建造物、奈良薬師寺東塔に劣らぬ見事な六層三重の塔が在《あ》った。

「うむ……」と、政宗は胸打たれた。圧巻であった。

「美しい塔じゃ……」と、彼は呟いて見とれた。

政宗は霧雨の中、六層三重の塔の見事さに心を奪われながら、反対側——西側——へと回り込んでみた。彼の足の裏で、敷き詰められている玉石が踏み鳴らされた。

霧雨の降りが、すうっと弱まっていく。

「おお。なんと……」

政宗は思わず小声を漏らした。西の彼方の山波の陰に今まさに姿を消そうとする夕陽《ゆうひ》。その夕陽が射《さ》す数条の光を浴びて六層三重の塔はその半身を茜色《あかね》に染めていた。

「神神《こうごう》しいとは、このことぞ……」

政宗は言葉を失って、さらに降り弱まった霧雨の中にしばし佇《たたず》んだ。

何処から来て何処へ向かうのか、彼の頭上高くを雁の群が飛び去っていく。

どれほど経《た》ったか──。

彼は感じ取れぬほど微かな〝気〟に触れて、いや、正確には触れたような気がして静かに体の向きを変えた。

すっかり西日をのみ込んだ黒黒とした山波を背にするかたちで、一人の侍が立っていた。その間は、およそ十七、八間《けん》。

西日が山の向こうに沈み切っていなければ、政宗は眩《まぶ》しさの余りその侍の面貌が判らぬところであった。

忘れもせぬ、あの侍だった。政宗を心底から戦慄《せんりつ》させ「江戸行きはならぬ」と警告したあの侍である。

「ほう。またお会いしましたか」

「私の忠告に、お従い下さいませなんだな」

「足元の玉石も踏み鳴らすことなく、その位置まで私に近付くとは、さすが」

「背後から斬《き》ろうと思えば、出来もうした」

「左様であろうな。私はこの六層三重の塔にすっかり心を奪われておりましたゆえ」

「新居の関が限度でござった」

「それを越えたからには？」

「この場にてお命を頂戴《ちょうだい》いたす」

「よろしかろう。が、名を名乗られよ」

「柳生宗重」

「将軍家兵法御指南役お大名、柳生宗冬《むねふゆ》様より柳生江戸分家の免状を授《さず》けられたと伝えられておる、あの柳生宗重殿か」

「左様」

「是非にも教えて下され。柳生宗重殿の御名は剣術を心得る者の間ではようく伝え知られておりますが、ご生家はどちらでござる」

「関心がおありか」

「柳生江戸分家の免状など、誰彼にそう容易《たやす》く授《さず》けられるものではありませんのでのう」

「わが父の名は今は亡き前《さき》の大老酒井讃岐守忠勝《さかいさぬきのかみただかつ》、母の名は……」

「いや。母上様の御名は結構でござる。なるほど名大老で知られた酒井忠勝様が父君であられましたか」

「あなた様のことは、よくよく存じあげた上で、幾度も忠告させて戴き申した」

「承知」

「ここは聖なる寺院なれど、この場でお命尽きるとお覚悟なされよ」

「聖なる地をいずれかの血で汚すことになりそうだが、止《や》むを得ませぬか」

「参る」

それが二人が交わした言葉の終りであった。

柳生宗重がゆっくりと間合を詰め始め、政宗は動くことなく待った。

双方の間が二、三間《けん》に縮まって、柳生宗重の足が止まり〝静〟が訪れた。

あらゆる音を殺したかの如き〝静〟が。

二人は共に相手の目を見た。両手は軽く開いて、腰のあたりである。

力みのない自然立ちで対峙《たいじ》する二人であった。

柳生宗重――もしかすると江戸柳生総師《そうすい》柳生宗冬よりも腕は上、とまで剣術界では噂されている。

政宗は（恩師の眼光に似ている）と感じながらも、相手の目から視線を逸《そ》らさなかった。逸らした一瞬、恐るべき結果が待ち構えているように思えた。

と、柳生宗重が左足を引き、僅かに腰を下げて右手を刀の柄へ持っていった。

が、五本の指は、まだ柄を握らない。掌《てのひら》の部分が柄の上に軽くのっている形であった。

不思議なことに、左手はまだ腰のあたりに浮いている。

（鯉口を切らずに抜刀するというのか……しかし、それは無理というもの）

頭の後ろで政宗がそう考えたとき、その考えを揺さぶるかのように柳生宗重の爪先がジリッと玉石の上を這《は》った。

玉石は鳴らず、沈黙している。

政宗は圧倒されていた。相手から伝わってくるのは〝静〟の気力であったのに、それでも圧倒されていた。相手のその穏やかな気力が、自分の体内へ吸い込まれるようにして入ってくると、激しい嵐と化すことを、はっきりと感じた。

（なんと恐ろしい剣客であることか……）

政宗は押されるようにして、半歩退がった。霧雨は止《や》み、僅かな風もない夕暮れだった。空は血を流したように赤い。

一匹の赤トンボが、二人の間で小さな円を描き、そして飛び去った。

柳生宗重の右手五本の指が、刀の柄を握った。左手親指の腹が鍔に触れる。

政宗はようやくのこと左足を退き、腰を中腰にまで下げ、右手を三日月宗近《みかづきむねちか》の柄へと持っていった。

左手は帯のあたり。

彼は耳を研ぎ澄ませた。相手の鯉口に向けて。

微《かす》かに、それこそ微かに鋼《はがね》の音がした。かちっとも、ざらっとも政宗には聞こえた。

柳生宗重がついに鯉口を切ったのだ。

政宗の左手が帯に沿ってそろりと滑り、鍔にたどり着く。

額、首筋に政宗は噴き出す汗の粒を感じた。鯉口を切ったが最後、怒濤《どとう》の如き〝激変〟が頭上より襲いかかってくることが見えていた。

（剣は無心なり……）

恩師夢双禅師の言葉が、どこからともなく聞こえてくる。

政宗は相手の目を見ながら、鍔に触れている左手親指の腹に力を加えた。

三日月宗近の柄を握る五本の指が力み、鞘《さや》の下端が夕焼け空を指す程にジリッと上がった。

つまり三日月宗近の柄が地に向かって下がり、即ち政宗の右肩もそれに引っ張られるようにして下向きとなった。鞘内の刃は左外側へ向いた形。

夢双剣法秘伝中の秘伝『化神《けしん》』。

柳生宗重の表情が、険しくなった。政宗の目を捉えて離さなかった鋭い視線が、三日月宗近の鯉口へと移る。
一粒の汗が、柳生宗重の右顳顬《こめかみ》を伝い落ちた。続いて、もう一粒。
彼の喉仏が上下して、両足の爪先が鉤《かぎ》のように曲がって力んだ。
地を蹴るか。
いや、蹴らなかった。蹴らずに彼の奥歯がギリッと嚙《か》み鳴った。
政宗の双眸《そうぼう》が、軽く閉じられて一層のこと切れ長となる。
その彼の額《ひたい》で、汗の粒が夕焼け色に染まっていた。
再び赤トンボが二人の間で戯れた。政宗の顔に当たりそうになった。
とたん、柳生宗重が動いた。電光石火であった。
政宗が放たれた矢のように直進。赤トンボが彼の額《ひたい》に弾かれた。
柳生が抜いた。政宗が抜いた。閃光《せんこう》対閃光であった。
双つの刃が十文字に激突。一瞬、双方飛び退がって、もう一度激突。
チンッ、ガチンッと鋼《はがね》が打ち鳴り、夕焼け色の火花が散った。
柳生が首、首、首と一呼吸もなく烈風の如く打ち込む。
政宗が受けた。退がらず、また受けた。火花が小雨となって容赦なく二人の肩に降りかかる。

柳生の五撃目が空を切って、政宗の面前を左下から右上へと流れた。

政宗が左片手で三日月宗近を、無防備となった柳生の右肩へ打ち下ろす。

大胆な大振り。

空気が唸《うな》って震えた。

柳生が瞬時に手首を捻《ひね》り剣の峰で、それを激しく打ち落とした。

と、見えたが、またしても柳生の剣は空を切り、政宗の両手に戻った三日月宗近が相手の眉間《みけん》を一直線に突いた。柳生が、のけぞる。政宗が踏み込んで、なおも突く突く。

政宗の四撃目を形相凄く横へ払った柳生が、地を蹴って宙に舞った。

同時に、政宗の頭上へ、稲妻の如き剣が叩き込まれた。

政宗が危うく鍔《つば》で受ける。

受けたが余りの剛力に圧されて、柳生の切っ先が政宗の眉間に達した。

柳生が着地ざま飛び退がって、切っ先を滑らせる。

政宗の眉間からバッと血しぶきが噴き散った刹那、三日月宗近の切っ先が柳生の右胴を払っていた。

「うぬ……」

柳生が顔を顰《しか》めて横転し、政宗が眉間を左手で押さえ地に片膝ついた。

柳生の脇腹から、みる間《ま》に血が噴《ふ》き出す。

このとき「何をしておるかっ」と、二人の間へ大喝《だいかつ》が割って入った。

六層三重の塔の陰から現われたのは、紫衣《しえ》を纏《まと》った背の高い老僧であった。

眦《まなじり》を吊り上げて眼光鋭く、強い怒りを表情に漲《みなぎ》らせている。

「よりによって、この聖なる地を醜《みにく》き果たし合いの血で汚すとは何事ぞ。この心眼舎なる塔が神君家康公から寄進建立《こんりゅう》されたものと知っての上か」

柳生が刀を杖《つえ》に立ち上がろうとして、ガクンと膝を折った。

「馬鹿者があっ」

二人の間に立った老僧は、声をひきつらせて怒鳴った。目の高さに上げた数珠《じゅず》を持つ右手を、ぶるぶると震わせている。

政宗は何も言わず刀を鞘に収めると、地に両手をついて、ひれ伏した。

眉間から噴き流れる血が、玉石を朱《あけ》に染めてゆく。

「直ちに立ち去りなされいっ」

柳生が、ようやく先に立ち上がり、老僧に深深と頭を下げてから刀を杖によろめきよろめき遠ざかっていった。点点と血の道をつくって……。

老僧は、ひれ伏して動かぬ政宗を暫く睨みつけていたが、やがて穏やかな表情に戻り、「なさけなや……」と悲し気に呟き静かに立ち去った。思案寺の住職　妙《みよう》善《ぜん》であった。

代わって塔の陰から現われた者があった。

早苗である。

彼女は離れゆく老僧の背に向かって、丁重に腰を折ると、ひれ伏したままの政宗に駆け寄った。

「大丈夫でございますか政宗様」

「……………」

無言のまま顔を上げた政宗の顔は、面相の判別がつかぬほど血で真赤であった。

早苗が着物の袂《たもと》で政宗の顔を清めようとするが、血が止まらない。

彼女は着物の袂を長目に引き裂くと、政宗の眉間を包み込むようにして頭の後ろできつく結んだ。

「傷口を縫合せねばなりませぬ。ともかく宿坊へ」

「すまぬな」

「歩けまするか」

「うむ」

頷いて政宗は立ち上がった。額を巻いた布切れの端から、たちまち鮮血が垂れ出した。

「早苗は傷口の縫合が出来るのか」

「心得がございます。私《わたくし》だけでなく、藤堂貴行にも塚田孫三郎にも」

「そうか……それだけ苛酷な任務を背負ってきたのであろうなあ」

「…………」

「世話になろう。縫ってくれい」

「はい」

政宗は、早苗の先に立って歩き出した。足もとは、しっかりしていた。

だが……。

第十八章

一

早苗の献身的な介護が続いた四日目の朝、宿坊の外は激しい雷雨に見舞われていた。

彼女は眠っている政宗の額にのせた濡れ手拭《てぬぐ》いを取り替えた。

（よかった……熱が下がり始めたのですね）

早苗は取り替えた手拭いを自分の頬に軽く当ててみて、ホッとした表情をつくった。

「鼓動を拝見させて下さりませ」

眠っていて恐らく聞こえないであろう政宗に、そう声をかけてから、早苗は掛け布団を少し捲《めく》り、彼の胸元を開いて右の耳をそっと当ててみた。

三日の間、乱れ続けていた鼓動は規則正しい力強さを取り戻していた。

早苗の安堵《あんど》した表情に、思わず笑みが加わった。

外で雷が鳴り障子が震える。

早苗は政宗の眉間《みけん》の切創を、抗菌力の強い多年草のドクダミの汁で丹念に洗い、そのあと十三針を縫合したのであった。眉間の皮膚は深く割られ、その下にある頭蓋《ずがい》が見える程だった（ドクダミに強い抗菌力があると判明したのは近代に近付いてからである）。

重傷であった。

縫合のあと二刻ほど経ってから、上半身が発赤する程の高熱が、政宗を襲った。

早苗は充分に取り揃《そろ》えてあった和・洋の薬を駆使し、ほとんど一睡もすることなく政宗の介護をし続けた。

政宗の状態に合わせて薬を選択する必要があるため、眠る訳にはいかなかった。

「様子はどうじゃな」

声がして障子が開き、背の高い老僧が心配そうに入ってきた。柳生宗重と政宗の間に割って入り大喝した、あの老僧である。

早苗は丁重に頭を下げて言った。

「この度は大変お騒がせ致しました。どうやら落ち着き始めたようでございます」

「それは何よりじゃ」

老僧は早苗と向き合って座った。

稲妻で障子が青白く光る。雨音がうるさい。

「若いゆえ傷の治りは早かろう。それにしても境内で血の雨を降らすとは困ったものじゃ」

「対峙《たいじ》した二人には、どうしても避けられぬ絶対的な宿命《さだめ》があったのでございましょう。代わって私《わたくし》が深くお詫《わ》び申し上げます。この通りでございます」

早苗は再び畳に手をつき頭を深深と下げた。

「よいよい。もう過ぎてしもうた事じゃ。それに関宿地蔵院も此の地の思案寺も、女性を大地の母と見て大切に慈《いっく》しむ精神《こころ》に満ちておる名刹《めいさつ》じゃ。そなたが悲しむような問い詰めをアレコレする積もりなどはない」

「あのう……」

「ん?」

「ただいま和尚様は関宿地蔵院と申されましたが……」

「よう知っておる仲じゃよ。京や奈良、伊勢へ参る時は必ず宿坊の御世話になっておる。地蔵院の御住職も江戸へ見えられる途中には、この宿坊に立ち寄られる」

「左様でございましたか」

「そなたは医者の修行を積んでこられたのか、と訊《たず》ねる程度のことは、して宜《よろ》しいかな」

「見様見真似《みようみまね》でございます」

「見様見真似にしては、たいした縫合の手並じゃった。ま、色色と苦しい事情を積み重ねてきた中での研鑽《けんさん》であったのじゃろう。これ以上のことは、訊《き》くまい」

「恐れ入ります」

「ゆっくりと静養なされてから、江戸へ向かわれるがよい。此処には何日居続けようと、遠慮は無用じゃ」

「有難うございまする」

老僧は立ち上がって部屋を出ていった。天井の真上で、雷がドロドロドロと唸《うな》る。

と、政宗が薄目を開けた。

「お目覚めでございましたか」

「和尚殿との話は最初から耳に入っておった。申し訳ない気分で一杯じゃ」

「縫合した傷口は、どうやら無難に、くっつき始めておりまする。痛みはありませぬか」

「ほとんど無い。早苗は名医じゃなあ」

「とんでもありませぬ」

「和尚殿が申されたように、辛《つら》い任務のさ中で覚えた不可欠な技なのであろう。お蔭で私は助かった」

「対峙なされました、お侍のことでございますけれど……」

「何も言わずともよい。彼は柳生宗重と名乗った。それだけで充分じゃ」

「…………」

「彼に一撃を与えはしたが、たぶん命には別状あるまい。切っ先三寸から掌《てのひら》に伝わってきた衝撃の程で判る。宗重殿は再び私に向かってくるであろうな。今度は危ないかも知れぬ。私の方がな」

「対決を避ける方法はないものでしょうか」

「ないであろう。彼は透徹した強固な精神力の持主じゃ。こうと決めた以上は、必ず立ち向かって来る」

「恐ろしいことでございます。想像したくはありませぬ」

「起きて雨に打たれる境内を少し歩いてみたいのう」

「今日一日は我慢下さりませ。明日は恐らく大丈夫でございましょう」

「すっかり道草を食ってしまった。すまぬなあ」

「二、三日中には、江戸へ向けて発たれましょう」

「そうか。発てるか」

「ですが、傷口がしっかりと塞《ふさ》がって抜糸を終える迄は、体が激しく揺れる乗馬は避けませぬと」

「暫くは歩きだな」

「はい」

「それもよかろう。こうなっては急いでも始まるまい。頭に白布を巻いた状態で、将軍家を訪ねる訳にも参るまいからのう」

「どうしても将軍家をお訪ねなされまするか」

「ん？　早苗までが柳生宗重殿と同じ考えになってきたのかな」

「そうではありませぬ。将軍家をお訪ねすることなど忘れ、政宗様と江戸市中を観《み》て回る旅が出来れば、どれほど楽しいであろうかと考えたり致しました」

「しかし、ひとたび我等が江戸へ立ち入れば、ゆるりと市中見物など許さぬ連中が一斉に動き出そう」

「柳生宗重様の配下の者たちが？」

「いや。宗重殿は間違いなく単独で動いていなさる。あれほどの人物は、烏合《うごう》の衆の手を借りることなど、なさるまい。新居の関所に対してさえ何ら手配りなさっておられなかった御人じゃからのう」

「では、他の権力筋の刺客集団が？」

「どの筋が一斉に動き出すか、早苗には見当はつかぬのか」

「あの筋もこの筋も怪しいと見て参りましたゆえ、容易には一本や二本に絞り切れませぬ」

「まあよい。早苗には、もう血腥《なまぐさ》い事は考えさせたくない。私に立ち向かってくるであろう幾本もの刃が、自ずとその正体を明かしてくれよう」

「どうしても、お許し戴《いただ》きたいことがございます」

「何を許せと？」

「私にも刀を抜かせて下さりませ。せめて、この旅の間だけは」

「駄目じゃ」

「ですが……」

「認めぬ。駄目じゃ」

「どうか、お許し下さりませ」

「許さぬ。馬を飛ばすゆえ、二刀を腰に帯びる若武者を装って貰《もら》いはしたが、その刀を抜くことは断じて許さぬ」

「けれど……」

「そなたは、京料亭胡蝶の美しい女将でよいではないか。もう、刀は忘れるのだ。忘れてくれ」

「……」

「相当の剣客であっても、そなたが本気とならば勝てはせぬだろう。それほどの剣の技を惜しいとは思うが、早苗にはそれに勝るものが二つある」

「……」

「男も女も魅了してしまうその美しさと、蝶や花さえも我を忘れて甘えてしまいかねぬその澄んだ心の優しさじゃ」

「勿体《もったい》ない御言葉でございます」

「これ以上私に、強い言葉を吐かせてくれるな。傷口が疼《うず》きよる」

「申し訳ございませぬ」

「少し腹が空いてきたのう」

「お持ち致しましょう。私もまだ朝の膳を済ませておりませぬゆえ、この御部屋で摂《と》らせて戴いて宜しゅうございますか」

「うん。一緒に摂《と》ろう」

政宗は早苗に背中へ手を当てられ、ゆっくりと上半身を起こした。

いきなり頭上で、凄《すさ》まじい雷鳴が轟《とどろ》いた。

稲光りはなかった。

二

朝の膳を済ませて食器などを庫裏《くり》の台所へ戻した早苗は、寺の唐傘《からかさ》を借りて外へ出てみた。

雨は小止《こや》みとなって、雷鳴も遥か彼方の空へ遠のいていた。空が明るくなっている。

彼女は、政宗と柳生宗重が対峙した塔の前へ行ってみた。

政宗と柳生宗重が流した血は、雨によって玉石の下へ吸い込まれ消えていた。

昨日、二人が同時に傷つき合ったその瞬間を、早苗は塔の陰で見届けていた。

和尚は、早苗の急報で現われた訳ではなかった。

早苗は泊まりの手続を終え、政宗の姿を求めて境内を歩いていたのだった。

和尚と言えばそれが日課となっている、朝に一度、夕に一度の境内見回りをしていたのだった。つまり早苗と和尚が政宗と柳生宗重の対峙を認めたのは、偶然であった。

早苗は憂《うれ》いを帯びた表情で、柳生宗重が立ち去った方へ、歩みを進めた。

彼も政宗と同じ程度の重傷を負っているであろう、と早苗は思っている。

三日月宗近の切っ先三寸が、確実に柳生宗重の胴を横に払った一瞬を、彼女の目は捉《とら》えていた。

裏山門まで来て、早苗の足は止まった。

表山門に比べ、小さな山門であったが、瓦屋根を持ったしっかりとした造りの四脚門だった。

その裏山門の瓦屋根の下。そこで柳生宗重は一時動けなくなったのか、雨に流されることもなく、かなりの血溜《ちだま》りの跡が赤黒くなって残っていた。はっきりと。

「宗重様……」

早苗は胸の前で両手の指を組み合わせ、不安そうに遠い目つきとなった。

一体、早苗と柳生宗重とは、どのような関係であるというのか？

「無事でいて下さりませ、宗重様」

呟《つぶや》く彼女の目に、うっすらと涙があった。

「大丈夫じゃ早苗」

不意に背後で、労《いたわ》るような静かな声が生じた。

早苗は驚いて振り向いた。彼女ほどの者が全く気付かぬ内に、唐傘をさした政宗が直ぐ間近い所に立っていた。

「政宗様。いつの間《ま》に……まだ、お起きなされては」

「大丈夫じゃ。心配致すな。それからな、柳生殿は生きておる。受けた手傷は私よりは軽かろう」

「けれども……」

「柳生殿は私より遥かに強い。私は、あの御人には勝てぬ」

「………」

「二人が次にぶつかる事あらば、命を落とすのはこの私であろう。間違いなく」

言い終えると、政宗は踵《きびす》を返し、ゆっくりと歩き出した。

早苗は、政宗の背に小駆けで近付いた。

「政宗様……」

「うん？」

「京へ戻りませぬか。いえ、どうかお戻り下されませ」

「弱気となったな早苗」

「政宗様の御身にもしもの事があらば、瑞龍山想繼院の母君様も、雪山旧居の母君様もどれほど悲しまれましょう」

「ふっ」と微かな笑みを口元に浮かべて、政宗は続けた。

「やはり私の血筋を柳生宗重殿から聞かされたか早苗」

「はい。余りにも恐れ多く体が震えましてございます」

「幾度も繰り返してきたが、私は野に下った一介のぜえろく侍に過ぎぬ。想繼院の母も雪山旧居の母も、そのことに満足なされておる」

「けれども……」

「早苗よ。私を特別の目で見てくれるな。野に在《あ》る一介のぜえろく侍と見て接してくれ。私は固苦しいことは嫌いじゃ」

「…………」

「私を特別な目で眺めると言うのであらば、私は早苗《そなた》から離れていかねばならぬ。今日、明日にもな」

「それは……」

「嫌か？　それとも良しとするか？」

「嫌でございます」

「では、この下らぬ話は今限りで終りにしよう。約束できるか」

「…………」

「出来ぬというか？」

「お約束致します」と、早苗は視線を足元に落とした。

「それでよい。さ、私の傘《かさ》の中へ入りなさい」

「はい」

早苗は自分の傘を畳むと、政宗の傘の中へ入った。本当にこの御方《おかた》と江戸入りしてよいのであろうか、と早苗の気持はまだ不安に揺れていた。それでなくとも、政宗の眉間を十三針も縫合する事態に陥っているのだ。

政宗の左手が早苗の肩を、そっと抱く。

が、早苗は注意を、全方位に向けて放った。政宗様の御体がこれ以上傷つくことがあってはならぬ、という強い思いに捉われていた。

（次に柳生様が現われたなら……命を賭《か》けて政宗様をお守りせねば）

早苗はそう思い、「何としても柳生宗重様を相打ち覚悟で倒さねば」と自分に言い聞かせた。

言い聞かせたことで、胸の内が痛んだ。自分が、柳生宗重の死を望んでいるなど、本心でないことは判っていた。判ってはいても、殺《や》らねばならないと決意は固かった。

「柳生殿を自分の手で倒す気か？」

「え……」

いきなり心の中へ食い込んできた政宗の問いに、早苗は小さくうろたえた。

「そなたは正直だのう。表情に出ておる」

政宗は早苗の肩に回した手に、やわらかく力を込めた。

「相打ち覚悟で柳生殿に立ち向かうことを考えているなら、止すことだな。早苗の力量が尋常でないことは認めるが、それでも柳生殿には勝てぬ。無駄死にとなろう」

「柳生様に立ち向かうことなど、考えてはおりませぬ」

「そうか。ならばよい」

稲妻が彼方で幾条もの帯を引いて走った。

目がくらむような、閃光《せんこう》だった。

二《ふた》呼吸ほど置いて、天地を劈くような雷鳴が二人の頭上にまで伝わる。

が、雨はほとんど止《や》み、雲の破れ目から強い光が射し始めていた。

庫裏の入口が見えてきたので、早苗は政宗の体から僅《わず》かに離れた。


その頃、柳生宗重は、思案寺から二、三町《ちょう》ばかり離れた櫟林《くぬぎばやし》の奥深くに在る古びた小さな御堂の中に横たわっていた。足元では少し傾き加減の格子扉が、時折り吹く秋の風に煽《あお》られてキイキイと軋《きし》む。

頭の上側には二体の木彫りの仏像が埃《ほこり》をかぶって座禅を組んでいたが、一体は罅《ひび》割れがひどかった。

と、何か気配を感じたのか、眠っていた柳生宗重が目を見開いて左手を脇の大刀に伸ばした。だが別段表情に険しさはなかった。念の為、といった感じであった。

格子扉が静かに開いて射し込んでいた格子状の陽の光が床の上で動き、その辺りの町娘、といった身形《みなり》の若い女が入ってきた。小脇にした竹編みの笊《ざる》の中に雑草のような青草が山のように盛られて、それが発する強い臭いがたちまち狭い御堂の中を満たした。

「今日は森の北の方で、このように沢山見つかりました」

「すまぬな」と、言葉短く応じた柳生宗重の手が、刀から離れる。

二人の遣《や》り取りはそれで終《しま》いであった。

御堂の片隅には、やや大き目の木皿があって、それは斑《まだら》状に草色に染まっていた。

その木皿の上で女は、摘み採ってきた青草を、掌《てのひら》で挟んで揉《も》み始めた。

青草が掌の中で潰《つぶ》れて、特有の臭いが一層強くなる。

「お取り替え致しましょう」

「頼む」

女は青草の全てを揉み潰すと、木皿を横たわっている柳生宗重の傍《そば》へ移した。

女の動きは、てきぱきとしていた。表情一つ変えない。

柳生宗重の着物の前を開き、腹に巻いた白い布を取った。

彼の脇腹には充分に揉み潰された青草が張り付けられ、皮膚は青く染まっていた。その張り付けられた青草の一枚一枚を、女の手がそっと剝《は》がしていく。

それらは既に、体の熱で乾燥していた。

やがて剝がされた青草の下から、皮膚のひきつれが表れた。

なんと縫合されたことによる、ひきつれだった。

切創の長さは大凡《おおよそ》、六寸か七寸。

「しっかりと縫い合わさっております。多少のひきつれが見られますが、日と共に薄まりましょう。もう大丈夫でございます。でも、ほんの一部とは申せ腸の腑《ふ》が傷口から覗《のぞ》いておりましたゆえ、四、五日はまだ歩くことは控えませぬと」

「判った。楓《かえで》の申す通りに致そう」

楓と言われた女は、木皿の底に溜まった草汁で傷口を清め、その上から揉み潰した青草を張っていった。

「それにしても楓が、付かず離れず私と共に旅をしていたとはのう」

「柳生の御殿様の御指示でございましたゆえ」

「〝忍び医術〟を心得ておる楓がおらなんだら、私は醜く腸の腑をさらけ出して

「死んでいたやも知れぬな」

「ふふふっ。軽い傷ではありませぬが、死ぬ程の傷でもございませぬ」

楓という女が、はじめて笑った。年齢《とし》は二十三、四というところであろうか。

だが、笑みにも、うなじや首すじなどの肌の色艶《いろつや》にも、柳生宗重を見るまなざしにも、そして唇にも決して生娘《きむすめ》には見られぬ妖《あや》しさが漂っていた。

「この為体《ていたらく》を宗冬の小父が知れば嘆《なげ》こう。情け無いことじゃ、とな」

「はい。柳生の御殿様は、きっと驚かれましょう。宗重様に手傷を負わせるような剣客がこの世にいたのか、と」

「私が手傷を負うたこと、もう江戸へ知らせたのか」

「いいえ。その御判断は御自身でなさって下さりませ」

「うむ。そうよな」

「痛みはございませぬか」

「ない。ないから楓……」

「え?」

「軽く、そっと乗ってくれぬか」

「駄目でございます。傷口が開いたら、どうなされます」

「だから軽く、そっと、と申しておる」

「宗重様に花咲かせて戴いて喜びを覚えたるこの体が、軽く、そっと、と申されるような難しい事が出来る筈《はず》もございませぬ」

「荒れ狂うてしまう、と言うか」

「それは宗重様が誰よりも御存知でございましょう」

「私は、そなたが可愛い。そなたの心も、体も全てな……」

「嘘《うそ》でございます」

「嘘？……何故じゃ」

「私は世に恐れられている柳生のくノ一とは申せ、女子《おなご》でございます」

「当たり前じゃ。それも素晴らしい肢体《からだ》に恵まれた女子《おなご》じゃ」

「女子《おなご》には、男子《おとこ》の心《し》の内が、ちゃんと読めまする」

「読める？」

「はい。宗重様は、いまだ高柳早苗様を好いておられます」

「馬鹿を申せ。この宗重は、そなたの豊かな体に、心から溺《おぼ》れておる」

「では楓を、妻に娶《めと》って下さりますか」

「馬鹿を言うてくれるな。それとこれとは話が別じゃ」

「それ御覧なさいませ」

「楓よ。私は、そなたの美しい豊かな体に、本当に溺れておるのだ。そなたを好いておるのだ」

「ご安心なされませ宗重様。私は宗重様が、どなたを妻に娶《めと》られようとも、〝影〟となって御身近《おみぢか》に控えておりまする。楓を抱きたいと思われまする時は、いつでも御応《おこた》え申し上げますゆえ、ご遠慮のう」

「楓……もうよい。眠らせてくれ」

「眠りは何よりの妙薬。ごゆるりと、お眠りなされませ」

宗重は目を閉じた。

その顔を見つめる楓の目から、小さな涙の粒が一つ、こぼれ落ちた。

女としての涙……なのであろうか。

三

その夜、晩秋の空に満月が浮かんだ。

政宗はひとり縁に出て、蛼《こおろぎ》の鳴き声に耳を傾けながら、父であり法皇である後水尾政仁と盃を交わした夜のことを思い出していた。つい最近のことであるのに、懐しく感じた。

(私は朝廷とは距離を置かねばならぬなあ……私が朝廷に近付き過ぎれば、火種は何一つ無くとも、つくり上げようとする不逞《ふてい》の輩《やから》が必ず現れよう……人間の世とは、実に汚れ切っておるのう)

政宗は、父であり法皇である後水尾政仁を幸せにするには自分は如何《いか》にすればよいのか、と考えた。

(いっその事……奥鞍馬へ来て戴くか)

そう考えて、政宗は思わず小さな苦笑を漏らした。絶対と言っていいほど不可能なこと、と判り切っているからだった。

法皇にしろ天皇にしろ、それなりの権威権勢の中に一人在《あ》って自己の意思を自在に決定できる訳ではない。日常的に大勢の「内側の者」と「外側の者」に囲まれていて、むしろ自由と自在の領域は極めて狭隘《きょうあい》であった。

「内側には関白、三大臣、武家伝奏《てんそう》などが在《あ》って朝廷を監理しており……外側には京都所司代、京都町奉行、禁裏付武士などうるさいのが在って対朝廷と言うよりは法皇、天皇を直接的に統制している……窮屈《きゅうくつ》じゃのう。これでは奥鞍馬へはとても動けぬなあ」

政宗は呟いて、溜息を吐《つ》いた。

「お宜しいかな」

障子の外で、妙善《みょうぜん》和尚とわかる声がした。

「どうぞ」と、政宗は居住まいを正した。

障子が開いて和尚が静かに入って来た。月の光が僅かに届く薄暗い廊下で、白い小さな徳利が鈍い艶を放っている。

「いかがかと思いましてな」

和尚が微笑んで部屋に入った所で正座をし、徳利と盃をのせた盆に両手を伸ばして自分の膝先へ置いた。

「これはお気遣い有難うございまする」

「飲み過ぎは傷口に障ろうが、早苗殿が少しならもう大丈夫、と申されたのでな」

「頂戴《ちょうだい》いたします」

二人は月の光あふれる広縁で盃を手にした。

「いい月じゃな」と妙善和尚。目を細め、優し気な表情だった。

政宗は「まことに」と頷《うなず》いて、盃を口へ運んだ。ふっと蟀《こおろぎ》が鳴き止《や》む。

「二、三日の内には、発たれるそうじゃな」

「はい。江戸へ向かいまする」

「止《よ》しなされ」

さらりと言ってのけた和尚の言葉に、政宗は飲み干しかけた盃を、思わず下唇の先で止めた。

「早苗殿の顔に、悲しみの色がありありじゃ。あの御人《おひと》は江戸へ向かうことを、望んでおりませぬな」

「何の目的で江戸へ向かうかは知らぬし、訊くつもりもありませぬが、この地でそのように手傷を負うたという事は、お二人の江戸入りは歓迎されておらぬようじゃ。止しなされ止しなされ」

ゆったりとした笑みを顔に浮かべて、盃を満たしている般若湯を、そっと啜《すす》る妙善和尚であった。

「和尚殿……」

「しかし、そうも……」と、政宗は盃を下ろして月を仰いだ。

「そうもゆかぬ事など、人生には然程《さほど》、仰山《ぎょうさん》あるものでもありませぬぞ。そうもゆかぬ事に無理に立ち向かおうとすると、それは一層のこと、そうもゆかぬ事にと膨らみ続けますのじゃ。これ、仏の道理じゃが、武士の道理には通じませぬかのう」

「耳の痛いことでございます」

「男は女子《おなご》を悲しませてはならぬものじゃ。どれほど精神《こころ》や身体《からだ》の強い女子《おなご》であっても、男は大きく正しく女子《おなご》を包み込んでやらねばなりませぬ。正しく、ふんわり、とのう」

「………」

「男は女子《おなご》を騙《だま》してもなりませぬ。巧みな邪《よこしま》言葉と力でもって、女体の自由を奪ってもなりませぬ。これは神の世《よ》、仏の世における大罪じゃ。その大罪を薄《うす》め隠《かく》そうと策して装いを改めても、神や仏には全てお見通しじゃ。決してお許しにはならぬ」

「………」

「早苗殿は、悲しみと苦しみに、一生懸命に耐えておられるようじゃ。あの美しい御人《おひと》を、早く安心させてあげなされ」

「その安心を得るために、江戸へ向かいまする」

「さあて、安心を得られる事になるのかのう。真実《まこと》の安心につながるのかどうか、神仏のみが知ることじゃが」

「は、はあ……」

「さてと、拙僧はこれから夜の読経がありまするので、これにて失礼いたしましょう」

「あ、和尚殿、まだ般若湯が……」

「私は実は、ほとんど飲めませぬのじゃ」

妙善和尚は、ニコリとすると腰を上げた。また蟀《こおろぎ》が鳴き出した。

「温かなる御気遣い申し訳ございませぬ」

政宗は全身を引き締める思いで、平伏した。和尚の一言一言が余りにも重いものとなって、胸の中に入り込んでいた。

妙善和尚が部屋から出て行くと、政宗は手枕で体を横たえた。

(男は女子《おなご》を悲しませてはならぬ……か)

彼は胸の中で呟いた。

(そうもゆかぬ事に無理に立ち向かおうとすると、それは一層のこと、そうもゆかぬ事にと膨らみ続けますのじゃ)

妙善和尚の言葉が、耳の奥、いや頭の後ろあたりに甦《よみがえ》ってくる。

「こたえる言葉じゃ」と、政宗は呟いた。

長いこと、彼は手枕で横たわっていた。月明りの中で身じろぎもしなかった。

「うむ……」

やがて小さく呻《うめ》くようにして、彼は体を起こし片膝を立てた。脳裏から和尚の言葉が、まだ消えてはいなかった。立てた片膝の上で両掌を組み合わせ、じっと庭先の一点を見る。

月明りの中、小さな白い虫が一匹、右から左へと頼りな気に飛んでいく。

政宗の心中に、迷《まよ》いが生じはじめていた。まったく説得するような調子がなかった和尚の言葉。それがかえって、政宗の心に重苦しい一撃を与えていた。あとになって次第にジワリと痛みのくる一撃であった。

「さて……どうするか」

政宗は草履をひっかけて庭先へ下りた。蟀は政宗の気配を恐れることなく鳴き続けている。

腕組をして政宗は、じっと月を仰いだ。

と、どういう訳でか、幼いテルの笑顔が目の前に浮かんで、政宗の表情がやわらいだ。

京へ戻るべきか否か、と迷いを生じさせたことがテルの笑顔を招いたか、と政宗は思った。

「会いたいのう」と呟いて、思わず彼は微笑む。テルと話を交わしていると、その清らかさ——純粋さ——が心を和ませてくれるのであった。

彼は月明りの庭を、早苗に与えられた部屋とは逆の方に向かって、腕組をしたままゆっくりと歩き出した。

さすがに蟀が、鳴りを静める。

庭の西の端、瓦をのせた土塀の手前まで来て、政宗は踵《きびす》を返そうとした。その体が、止まった。土塀の向こうから漂いくるある〝気配〟を捉えたのだった。何やら判らぬ妙な気配であった。殺気というものではなかった。殺気など、余程に修行を積み上げた手練でない限り、相手に察知されるほどの強烈なものは発せられないであろう。

（犬か猫か……いや、しかしこれは……）

政宗は腕組を解いた。やわらかな気配、と彼は感じ取っていた。

（人間……女か？）

政宗は足音を忍ばせるようにして、後ずさりした。

「如何がなされました」
七、八歩を後ずさりしたとき、背後で囁《ささや》き声がした。

早苗の声であった。

政宗は用心のため振り向かず、土塀を見つめたまま、指差して見せた。

早苗がそっと、政宗の横に立った。

「何かがいる。妙にやわらかな気配だが」

「やわらか？……でございますか」

「うむ。そう感じ取ったのだが」

「見て参りましょう」

「いや、よい」

「ですが……」

二人は囁き合って、土塀から離れた。

政宗の部屋の縁側に、二人は腰を下ろした。

「やわらかな気配、と申されたことがいささか気になりまするけれど」

「気になる？」

「柳生忍びのくノ一に只ひとり、全く殺気を放たず狙《ねら》った相手に近付く手練がおります」

「ほう……くノ一とな」

「そのくノ一の名は……」

「早苗」

「はい？」

「この思案寺では、もう心静かにいようぞ。くノ一の名など、聞かずともよい。六層三重の塔心眼舎の前をわが闘いの血で汚してしまい、妙善和尚を悲しませてしもうた。悔《く》いねばならぬ」

「すべて私《わたくし》に源を発してございます。お許し下さりませ」

「そなたに何の罪があろう。そなたが悔いることはない」

「政宗様。早苗は京へ戻りとうございます。どうか、お考え下さいませ」

「京へ戻っても江戸へ入っても、そなた達一党を亡き者にせんとする幕府刺客の手は伸びてこよう」

「その都度、われら一党の手で対処いたしまする。政宗様はどうか一歩、お退がり下されませ」

「一歩退がれ、とな」

「はい。早苗の本心でございます」

政宗は般若湯と盃がのった盆に手を伸ばし、脇に引き寄せると、盃に黙って注いだ。

だが、飲むことはなかった。腕組をし、月を仰いだ。

「京か……テルに会いたいのう」

「明日塾のことが、ご心配でございましょう」

「心配と言えば心配じゃ。貧しさと闘っている、いずれの子供たちのことも気になる」

「京へお戻りになり明日塾のことに、打ち込んで下さりませ。子供達もどれほど喜びましょう」

「そなた……」

「はい？」

「余程のこと、私と柳生宗重殿を対峙させたくないようじゃな」

「政宗様を倒すことの出来る、ただ一人の剣客かも知れませせぬゆえ」

「あの御人《おひと》が私より強いことは、否定致さぬ、次に対峙すれば私は斬られるだろう」

「その恐れゆえ早苗は……」

「それだけではあるまい」

「は、はい。柳生宗重様は……実を申せば……柳生宗重様はかつて私《わたくし》の許嫁《いいなずけ》でございました。申し訳……申し訳ありませぬ」

「矢張りそうであったか」と、格別に驚いた様子でもない政宗であった。

「でも今の私《わたくし》は……」

「よし決めた。早苗よ、京へ戻るとするか。このまま江戸へ向かえば、好むと好まざるとに拘《かかわ》らず、柳生宗重殿は再び我我の前に立ち塞がろう」

「京へお戻りなされますこと、ご承知下さいますか。早苗は安堵いたします」

早苗は胸に両手を当て、すこし声を震わせた。

政宗は盃の般若湯を、ようやく口元に運んだ。

「柳生宗重殿と初めて剣を交じえてな。すっかり怖くなってしもうた。怖《お》じ気付いてしもうたわ」

「政宗様……」

「ははは。早苗、そなたも少し飲んでみるか。和尚殿の盃しかないが」

「女子《おなご》が寺院に泊めて貰うていますのに般若湯に口を付けますことは……」

「今宵は許して戴くがよい。但しほんの少しじゃぞ」

「はい。それでは……」

早苗が手にした盃に、政宗は本当に少量を注いだ。

「ところで政宗様……」

早苗は盃に軽く口をつけたあと、政宗と目を合わせた。

「早苗には、ずっと気になっている事が一つございます」

「申してみよ」

「言葉を飾らずに正直に申し上げて宜しゅうございましょうか」

「うむ」と政宗は頷き、盃に般若湯を注ぎ足した。

「松平政宗様の松平という姓は、野に下りなされた折り、それなりの理由《わけ》があって定められたものでございまするか」

「いや。野に下った際に定めた姓ではない。この姓を意識しだしたのは、五つ六つの頃じゃ、おそらく私が野に下ることは早くから決められていて、後水尾法皇様の側近達が考えに考えて用意したものであろう」

「政宗様のような御立場にあられる方《かた》の姓というのは、如何ような手順を踏んで定められるのでございましょうか」

「知らぬな。関心もない」

「と言うことは、松平の御名《おな》は、京都所司代が認めたものかどうかも判らないのでございますね」

「それについても関心ないのう。私は松平であっても平松であっても青松であってもよいと思うておるわ」と、政宗は目尻で笑った。

「もしかすると幕府は、政宗様の松平姓をよろしく思うていないやも知れませぬ」

「早苗はそれを心配していたと言うか」

「はい。徳川一門では、将軍家の親族は、御三家を除きましては御承知のように松平の姓を名乗ることが不文律となっておりまする」

「私の松平姓はその不文律に触れると言うのだな」

「地蔵院に於きましても思案寺におきましても、御住職達は政宗様の姓を告げられた際、徳川御一門の？　と驚きなされました。さほど松平の姓は、徳川一門そのものなのでございます」

「では、どうせよと言うのだ早苗」

　政宗は盃を置き、ようやく関心のある顔つきとなった。

「恐れながら……松平の姓を、政宗様の御名あるいは御血筋に相応《ふさわ》しいものに御変えなされませ。徳川一門とは似ても似つかぬ御名に」

「うーん。二十八の年になって、姓を変えよ、と申すか」

「私は松平の姓が、これからも幕府を刺激し続けるような気がして不安でございます」

「先程も申したように、私は平松でも青松でも構わぬが」

「京へお戻りなされましたら、先ず母上様に御相談なさって下さりませ」

「面倒じゃのう」

「お許しが頂戴できますれば、私がお口添えしても宜しゅうございます」

「母上はそなたを大層気に入っておる。そこまで申すなら、ひとつ頼むか」

「姓を改めなされますのに、そのように軽く仰せになられましては、早苗はかえって心配でございます。姓を変えるなど、大変な事でございますのに」

「ははは っ。すまぬ。ひと思いに徳川政宗とでもするかな」

「政宗様……」

「冗談じゃ。早苗の申すこと、あるいは的《まと》を射ているやも知れぬ、という気にもなってきた。これは案外に大事な問題やも知れぬなあ」

政宗はそう言って、眉間に皺《しわ》を刻んだ。

第十九章

一

三日後。

政宗と早苗は、思案寺の和尚や小僧達に見送られて、雲一つなく晴れわたった秋空の下に旅発った。

「足を踏み出す度に、お傷に響くようなことはありませぬか」

早苗が気遣った。若武者に姿を変えている。

「どうやら大丈夫のようだな」

「ゆるりと参りましょう」

「それがよい。まわりの景色や料理や人情を味わいつつのう」

「はい」

二人は、新居の関所を今度は逆方向へ出た。役人達はべつだん何も言わなかった。鉄砲や弓矢を所持していなければ、武士は比較的楽に関所を往き来できた。

関所手形に「当月の日付にて来月晦日《みそか》迄これを通すべし」つまり最長で二か月

の有効期限が定められたのは、寛文《かんぶん》元年八月の事である。

天災など自分に過失がない事情で有効期限が過ぎた場合でも、その地に於ける然るべき人物の添え書などがあれば、関所手形はそのまま有効だった。

「気持のよい天気だな早苗」

政宗は朝の秋空を仰いだ。

「まことに」

「昼は何処で何が食べられるかのう。楽しみじゃ」

「よかった……安堵《あんど》いたしました」

「ん？」

「朝の膳を済ませて、まだそれほど経っておりませぬのに、昼の膳が楽しみとは、お体の調子がよい証拠でございます」

「ははは。そうかも知れぬ」

「早苗も楽しくて嬉《うれ》しゅうございます」

「京へ戻れることがか」

「はい」

「そうか……江戸行きが、そこまで心の負担となっておったか……すまぬな」

「滅相も……何もかも、この早苗のことを御心配下さいます政宗様のお優しさがなされて下されましたること。心の負担など……」

「幕府が、早苗達一党に対し、大人しくあってくれることを祈りたいのう」

「幕府の手先が、これからも政宗様に向かいはせぬかと、早苗はそちらの方が心配でございます」

「私に向かってくるのは、また別の手先やも知れぬ」

「柳生宗重様であると？……」

「いや。私に対し柳生殿は少し違った使命を帯びておられるような気がする。江戸入りを阻止することで私を救おうとしたのではあるまいか。余程に位《くらい》高き者の指示を受けてな」

「柳生宗重様につきまして、早苗の口から少し話をさせて下さりませ」

「よいよい。そのうち自然に判ってこよう。早苗は、こだわらずともよい」

二人は、のんびりと京へ向かった。

「京までは、何事もなければ宜《よろ》しいのですけれど」

「何事もあるまい。落ち着いた帰り旅となろう。それに、どのような目的の旅であろうとも、死ははじめから付きものと言われておる。それゆえ、江戸へ背を向けたる我等は、すでに負け組じゃな」

「そ、そんな……」

「ははは。気にせずとよい。少しばかり口が滑ってしもうた」

旅人達の道中手形には、たいてい書き加えられている一文があった。それは「万一病気や事件事故で死せる場合は、其の地の作法風習にて取り計らって下さって結構なり」という意味の一節である。

旅は決して楽しいことばかりではなかった。

ましてや東海道五十三次の長旅ともなると、途中で何事が生じてもおかしくはない。

新居宿から三つ向こうの、三河国渥美郡《みかわのくにあつみ》・吉田宿《よしだ》までは、およそ四里と少し。

体の傷を考えた政宗は、早苗の気遣いに従って途中で幾度も休息をとり、吉田宿へ入った頃は午後の日がだいぶ西へ傾いていた。

「お疲れではありませぬか」

「途中で充分に休んだのでな。大丈夫だ。ここは確か馬を走らせて素通りしたのであったな」

「はい。松平様の城下町でございます」

「松平……う、うむ。松平のう……矢張り早苗の不安は的を射ていそうじゃなあ」

「松平一門の数は、少のうございませぬから……」

「今日は、この吉田で泊まるとしよう」

「はい。あそこに茶屋がございますから、暫くお休みなさって下さいまし。その間に、私《わたくし》が宿を見つけて参りましょう」

「手数をかけるな」

「それでは……」と軽く腰を折った早苗は、茶屋の少し手前の道を左へ折れて行った。

政宗は茶屋へは入らずに、辺りを見まわした。

右手、川の向こうに吉田城が見えた。川の名は豊川《とよがわ》といい、なかなか立派な大橋が架かっている。

旅人の往き来は、頻繁であった。なぜか女の旅人が目立った。

政宗は宿が取れるかどうか気遣ったが、その心配は的中した。

「遅くなりました」と言いつつ辻の角から現われた早苗が、申し訳なさそうに首を小さく横に振った。

「どの宿も一杯でございまして、物置の片隅さえも取れない有様でございます」

「何やら女の旅人が目立つのだがな」

「はい。およそ四里先の次の御油《ごゆ》宿に在る大寺院で明日、年に一度のお祭りがあるそうでございます。なんでも女の四苦八苦を取り除いてくれる大層有難い祭りということで、近郷近在から大勢の女性が集まるとか聞いて参りました」

「すると御油の宿でも泊まれそうにはないな」

「御油の半里ばかり西に赤坂の宿がございますが、恐らくそこも駄目でございましょう」

「では、野宿でも致すか」

「秋の夜は冷えまする。傷に障《さわ》ってはいけませぬゆえ、きちんとした部屋でお休みになりませぬと」

「さりとて……」

「あのう政宗様……」

「ん？　どう致したのだ。妙に深刻な顔つきではないか」

「私《わたくし》に……一つだけ当てがございまする」

「ほう。ではそこへ泊めて貰《もら》うとしようではないか」

「ですけれど……実は、そこは私《わたくし》が幕府の使命を遂行しておりました時に知り得た場所でございまして」

「構わぬよ。一向に」

「私《わたくし》を蔑視《べっし》なさいませぬか……と、少し心配でございます」

「蔑視？　この私が、そなたをか」

「そのような場所なのでございます」

「とも角、そこでよい。此処でのんびり構えていると日が暮れてしまおう」

「では、御案内いたしますが、歩いて、という訳には参りませぬゆえ、馬二頭を、すぐに手配りして参ります」

早苗はそう言うと、再び政宗から離れていった。

だが待つ程もなく、彼女は馬二頭の手綱を引いて、直ぐに戻ってきた。

「随分と早かったではないか」

「次の辻の角を折れた所に、この界隈《かいわい》の馬市を仕切る親方の家があるものですから」

「顔馴染《なじ》みなのか」

「はい。幕府の使命遂行に当たっておりました時に……」

政宗は早苗から手綱を受け取り、身軽に馬上の人となった。傷に僅《わず》かにだが疼《うず》きが走った。

「駆けては傷によくありませぬから、並足で参りませぬと」

「判った」

「ご案内致します」

早苗も馬上の人となって、政宗は彼女の後に少し遅れて従った。

「この馬は何処で、馬市を差配する親方に返すのかな」

「御油宿にても赤坂宿にても返せますゆえ」

「ふうん。親方ともなると、きちんとした仕組を作っておるのじゃのう」

「そういった人人とのつながりを上手に保たぬ限り、幕府の使命と雖《いえど》も、容易《たやす》くは果たせませぬ」

「なるほど……判るような気はする」

二人が話を交わすことはそこで終った。

早苗の後に従う政宗は、馬上の彼女の後ろ姿に元気がないことに気付いていた。

（案内しようとするその場所が、早苗には内心、負担なのであろうなあ）

政宗にはそうと判ったが、黙って付き従った。何処へ案内してくれるのか、その場所を知ることによって、早苗の新たな一面を知ることになる、と思ったからだった。そして、その新たな一面を、理解し迎え入れてやる心の備えは出来ていた。

（それにしても、此処まで来て江戸に背を向けることになろうとは……）

政宗は胸の中で呟《つぶや》き、東の方へ少し首をひねって見せた。

「ここから先、道が悪くなりますゆえ、お気を付けなされませ」

前を往く早苗が沈黙を破ってそう告げたのは、日が暮れかけた頃になってからだった。

「判った」と政宗は応じた。

二人は街道を外れて田畑の広がりの中を抜け、森の中へ入っていきつつあった。

幾らも行かぬうちに道は急な登りとなり、日が沈んで辺りが真っ暗になってもそれは続いた。

奥鞍馬での厳しい修行に耐えてきた政宗には、急坂の山道も暗さも全く負担ではなかった。むしろ馬の方が心配であった。

「ここからは明りを点けまする」

早苗がそう言って下馬し、馬の脇腹にぶら下げてあった焚松《たいまつ》のようなものを手に取って火を点けたのは、山道が下りに差しかかった頃だった。

政宗は夜空を仰いだ。

「雲の流れが月を覗《のぞ》かせそうじゃな早苗」

言われて早苗も夜空を仰いだ。

「ほんに早い流れでございますこと」

雲の切れ目、切れ目から、月明りがチラチラとこぼれていた。

「のう、早苗」

「はい」

「そなたの事だ。吉田宿や御油宿で宿を見つけようとすれば、出来たのではないのか」

「…………」

「これより参る所へ、そなたは私をはじめから連れて行きたかったのであろう」

「はい。これより参る所には、色色な薬が豊富に揃うておりまするゆえ」

「と、言うことは、私の身に近いうち再び柳生宗重殿の刃が襲い掛かってくると、予想しておるのだな」

「柳生様は政宗様の江戸入りを阻止する役目を負うている、と申されておりましたが、もしかすると阻止だけでは済まぬ使命を帯びておられるのではないか、と案じております」

「私の暗殺か」

「…………」

「判った。さ、参ろうか。今宵は秋冷えが少しきつくなりそうじゃ」

「もう、晩秋に近うございまするゆえ」

「そうよなあ。色色とあったが一年というのは早く過ぎるのう」

二頭の馬は歩み始めた。下り坂も急であった。

月は出たが、森は暗い。

先を行く早苗が、焚松を左手に、手綱を右手に、力みなく上手に馬を操るのを見て、改めて感心する政宗であった。

小半刻ばかり急な下り坂が続いて、それまでの森が切れ月明りが二人の頭上に降り注いだとき、不意に周囲《まわり》を十七、八人の男達が取り囲んだ。刀、槍、鉄砲などを手にしている。着ているものは、みすぼらしいが誰も体格がよく、すでに抜刀している者もいた。

「私だ。右衛門《うえもん》殿にお会いしたい」

早苗が、凛《りん》とした響きで言った。

「あ、誰かと思えば高柳早苗様。若武者姿とは一体どうなさいました」

男達の内の一人が、早苗に近付いて応えた。

「少し訳ありでな。申し訳ないが、今夜ひと晩の宿を借りたい、と右衛門殿にお伝えしてくれぬか」

「そちらの御武家は？」

「私の恩人に当たる御方だ」

「恩人……判りました。暫くこの場で待っていて下さい」

「心得た」

潮が退くように、男達が消え去った。

政宗は辺りを見まわした。ところどころ緩い傾斜はあるが、ほぼ平坦に近い扇状の大きな広がりの中に、それ迄の森に代わるかたちで、ひと括りほどの小さな竹林が、あちらこちらに点点と在《あ》った。

おそらく竹林を切り開いた扇状耕地《せんじょうこうち》なのであろう。しかも、その竹林の間を道が右へ曲がり左へ曲がりしながら、何本もの枝道を持っている。

（いい場所だ。絵を見ているようだな）

政宗は、そう思った。そよとした風さえ吹かぬ月明りの下に広がるその扇状耕地の左手、そこに幾つもの明りが縦に長く続いているのは、家が影絵のように建ち並んでいるからだった。

二人は、かなり待たされた。

と、竹林の間を縫うようにして、彼方から一頭の馬が駆けてくるのが政宗と早苗に見えた。

政宗は馬の腹を軽く蹴《け》って、馬首を早苗の馬に並べた。

「あの馬を飛ばして来る人物が、右衛門とやらか」

「左様でございます」

「この辺りで右衛門と言うと、怪盗日本右衛門のことかな」

「はい」

「ほう。これは面白い人物と会えるではないか」

「この早苗に失望なされましょうか」

「失望？……なぜだ」

「日本右衛門のような恐るべき人物と絆《きずな》を保っている私《わたくし》でございます」

「だからと言うて、早苗が怪盗である訳がないからのう。ははは」

政宗は笑った。気にもとめていない、顔つきであった。

早苗の表情が、少し緩んだ。

怪盗日本右衛門の馬が、政宗と早苗の前で足踏みをして止まり、甲高くいなないた。

「よう。早苗殿。久し振りではないか。若武者姿、なかなかお似合いだな」

馬上の髭面の大男が、怒鳴るような大声で言った。四十前後であろうか。

「ほんに久し振り。サヤ殿はお元気か」

早苗の喋《しゃべ》り方は、若武者の形《なり》そのままであった。

「女房《かかあ》はこの夏、大きな赤子を産《う》み落としてなあ、子育てに大童《おおわらわ》だ」

「おお、それはめでたい。して、男の子か、女の子か」

「男の子じゃよ。名を左衛門《さえもん》と付けた」

「日本左衛門か。父親の右衛門よりも、はるかに印象が良い名じゃのう」

「相変わらず、早苗殿はきつい御人じゃ。うわっははは」

「今夜、この村で宿をとりたいのだが、頼まれてくれぬか」

「いいとも。早苗殿なら断われんわい。ついて来なされ」

そう言い終えるや、日本右衛門は馬首を返して、走り出した。はじめから早苗だけが話し相手で、政宗の方を見ようともしない。

月明りの下、日本右衛門に二人が案内されたのは、北に向かって次第に高度を下げて連なっている山のすぐ麓《ふもと》の、茅葺《かやぶき》のかなり大きな家だった。豪農の家、といった印象の「屋敷」と称してもいいような建物である。家の脇を、小川が音を立てて流れ、月明りを浴びて白い帯のように光って見える。

日本右衛門が馬上で言った。

「早苗殿はこの建物を知るまい。今年の二月に完成したのでな」

「この怪盗村には不似合いな、立派な建物ではないか」

「怪盗村とは、早苗殿らしい手厳しい言い方だな……いやね、年に幾度か小頭達《こがしら》二十人ばかりが集まって打合せをすることがあるのだが、いつも野っ原に集まってやってきたのを、そろそろ其れ相応《なり》の建物の中でやろう、という事になったのだ」

「なるほど、小頭達を集めて、ここで指示命令を発する訳か」

「早苗殿に泊まって貰っても遜色《そんしょく》が無いように造られている。ま、何日でもゆっくり泊まっていきなせえ。あとで飯と酒を運ばせるから」

「あ、それから薬を何種類か分けて貰いたいのだが」

「判っとるよ。そこの端整な御侍は手傷を負うていなさるね。よく効く薬を何種類か持ってこさせるから安心しなせえ」

「済まぬな」

「なあに。サヤが受けた恩を考えれば、もっと大きな事で恩返しをしたいのだが」

「恩返しなどいらぬよ。出来れば怪盗稼業など止して、畑でも耕して生活したらどうなのだ。この辺り、いい土地ではないか」

「早苗殿、その話なら、またゆっくり聞くことにしよう。ではな……」

馬腹を蹴って、日本右衛門は遠ざかっていった。政宗とほとんど顔を合わそうとはしなかった右衛門だった。

政宗と早苗は馬から下りると、か細い明りをくゆらせている行灯《あんどん》二本が立った式台付玄関へと入った。

待ち構えていたように、質素な身なりの中年の女が奥から出て来て、真っ直ぐに立ったまま「どうぞ……」と軽く頭を下げた。つい今しがたまで、耕地でクワでも振っていたかのように、髪は乱れ両の肩は力み、手は薄汚れているかのように見えた。

「お世話になります」

日本右衛門と話していた強い口調とは違って、早苗が微笑み、やわらかな響きの言葉となった。

二人は行灯の点《とも》った廊下を女に案内されて、竹林に面した座敷に通された。

早苗が政宗から受け取った大刀を、床の間の刀掛けに横たえる。

「雨戸は閉めますか」

と、女が早苗に訊ねた。

「いいえ、月が綺麗《きれい》ですから、もう暫く開けておきましょう。あとで自分の手で閉めますから」

「そうですか」

早苗と短い会話を済ませた女はにこりともしないで、離れていった。日本右衛門が言う、この「小頭会合屋敷《こがしらかいごう》」の管理人でもあるのだろうか。それとも近くに住む配下の女房でも、寄こしたのであろうか。

「丸太をそのまま使った荒っぽい造りのようにも見えるが、なかなか良い屋敷ではないか」

政宗は座敷を見回すようにして言った。

「そうでございますね。座敷も畳を敷き詰めてあり、床の間や丸窓も設けるなど、怪盗日本右衛門の見栄《みえ》がよく表れております」

「その名を轟《とどろ》かせている怪盗ゆえ、大層カネを貯《た》め込んでいるであろう」

「それはもう大変なものでございましょう。小さな大名よりは、力があるやも知れませぬ」

「それ程にのう……悪どい押し込みを働いているのであろうなあ」

「いずれに致しましても、正しい道を歩んでいない集団でございましょうから、お天道様の下を歩くことは避けておりましょう」

「この集落には幾人ほどが住んでおるのだ」

「二十人の小頭《こがしら》が率いるおよそ五百人の集団と聞いております。うち三百人以上が女房、子供、年寄りだとか」

「怪盗集団と言うよりは、槍や刀、鉄砲などで固めた身なりは、まるで野武士の集団に見えるな」

「仰せの通りでございます。荒削りとは申せ皆一通《ひととお》りの武術は身につけておりまするようで、私《わたくし》もそうと知ったときは驚きました。なかでも剣術では相当な域に達しております者が二、三十人は」

「ふうん。徳川を倒すとかの目的を、心の奥深くに隠しているのではあるまいのう」

「いいえ。それは無いようでございます。けれども、押し込みを働いて生活の糧《かて》を得ている以上は、大手を振ってお日様の下を歩けるものではございません」

「それは、そうよなあ。で、武術は何処の誰に習っているようなのだ」

「さあ、それについては尋ねたことが、ございませぬ。また尋ねても恐らく答えぬのではないか、という気が致します」

「ところで早苗は、日本右衛門と如何にして知り合うたのかな。右衛門はそなたに対して〝恩返し〟という言葉を使ったようであったが……」

「あれは一年半ほど前の初夏の頃でございました。私共一党が江戸より京・大坂へ向かう裏街道で馬を走らせておりますと、雲助の一団に襲われている五、六人の女達に気付いて救うたことがございました」

「その女達が、この怪盗村の者であったというのか」

「はい。右衛門の妻女サヤと、小頭共の女房達でございました。月に一度はこの村を出て宿場町で布とか塩、醤油といった物を買い求めているようで、その帰り途に雲助の一団に襲われた、という事でございます」

「人と人との絆とは判らぬものよのう。そうした事で、早苗の一党と怪盗集団との間に信頼関係が生まれようとは」

「右衛門は私共一党の素姓について訊ねたことはありませぬが、荒くれ雲助達を一撃のもとに倒したことを女房達から聞いて、どうやら幕府の只ならぬ筋の者、と勘繰ってはいるようでございます。以来、江戸へ戻る途中、この村で二、三度宿の世話になりました」

「只ならぬ筋の者と勘繰ってはいても早苗達から受けた恩は忘れていない、という訳だな」

「はい。しかし悪党集団の頭であることには変わりありませぬゆえ、油断は禁物と心得ておいた方が宜しゅうございましょう」

「悪党ではあっても、ひとたび心を開くと、優しいと言うぞ」

「それを聞けば右衛門は、喜ぶやも知れませせぬ。彼には悪党として憎み切れぬ妙な雰囲気がありまするゆえ」

と、早苗は微笑んだ。

「失礼します」

先程の髪乱れた中年の女が十二、三歳の女の子二人を従えて、食事や酒、果物と薬の入った大き目の麻袋などを運んできた。

「お世話を掛けます」と、早苗が真顔で頭を下げたが、女も子供達も表情を動かさなかった。そのような態度でいるように、と右衛門から命ぜられているのであろうか。それとも、それが〝客〟に対する怪盗村の習慣《しきたり》なのであろうか。

三人が座敷から去ると、早苗は広縁に座を移した政宗の盃に酒を注いだ。

「一、二杯ならば、傷には差し支えありませぬでしょう。宿場に宿がとれず申し訳ございませぬ」

「気にすることはない。これも旅の収穫ぞ」

「母上様のお耳に、政宗様を怪盗村へご案内した事が入らば、私《わたくし》はきっと叱《しか》られ嫌われましょう」

「では、黙っておればよい。わざわざ打ち明けることはあるまい」

政宗は笑って、盃を口元へ持っていった。

「そなた……」

軽く盃を傾けたあと、政宗は早苗と目を合わせた。

「手傷を負うたこの私を護《まも》る積《つ》もりで、この怪盗村へ連れて来たのであろう」

「えっ……」

「この怪盗村なら、如何に柳生宗重殿と雖《いえど》も単身では立ち入る事は出来ぬ、と読んだのであろうが。違うか」

「………」

「我等二人は柳生殿以外の刺客にも常に狙われる危険を背負うておる。そういった連中からも、怪盗村なら護ってくれるのではないか、と」

「………」

「矢張りそういう考えであったか。早苗はまるで、私の軍師じゃな」

政宗は微笑んで盃を空《から》にした。

「そなたは私が柳生殿に斬《き》られるかも知れないことに怯《おび》え、同時に私の剣が柳生殿を斬り捨てるのではないかと恐れてもおる……その美しい表情が、そう語っておるぞ」

　政宗は優しい目《ま》なざしで早苗を見つめた。

「申し訳ございませぬ」と早苗はうなだれた。

　このとき外で何やら男と女の声がして、その声が玄関の方へと移っていき、廊下を急ぐ二、三人の足音が政宗と早苗の耳に届いた。

「誰か訪れたようじゃのう」

　政宗がそう呟くと、早苗が「見て参りましょう」と腰を上げかけた。

「なあに、よい。我我は客ぞ、此処で大人しくしていよう」

「はい」と、早苗が浮かしかけた腰を落ち着かせた。

と、座敷の少し先を右へ折れている広縁から、摺《す》り足の近付いてくる気配があった。

　食事や酒を差し入れてくれた先程の女子供達とは、はっきりと違った歩き方と政宗と早苗には判った。

　その気配が、広縁の角に姿を現わした。

　皓皓《こうこう》たる月明りを浴びて、そのひと――女――は広縁に正座をすると、三つ指をついて深深と頭を下げた。

作法を心得た、御辞儀の仕様《しよう》であった。

「まあ。これはサヤ殿」と、早苗の声がほんの少し高くなった。

二

「政宗様。右衛門殿の女房サヤ殿でございます」

早苗がサヤを政宗に紹介するかたちを取ったが、政宗の名をサヤに紹介することはしなかった。

「サヤでございます」
二十五、六に見える彼女は言葉短く応じたが、政宗と目を合わせなかった。右衛門もほとんど、そうであった。
「世話を掛けることになって済まぬな」

政宗は笑みを浮かべて言ったが、サヤは月明りを横顔に浴び、「どう致しまして」とでも言う風《ふう》に首を小さく横に振った。視線は自分の膝先あたりに落としたままだった。

　だが、久し振りに再会した早苗との話が始まると、彼女は月明りの中で穏やかに弾み出した。

　政宗は二人が交わす話を、そばで黙って聞き流していたが、そのうち、

「はて？」

　と、胸の内で首をひねった。どうもサヤの話し振りや所作《しょさ》――動き――が妙なのであった。怪盗団首領の女房であるから身なりはそれなりに小綺麗ではあり、首領の女房らしき言葉遣いをする部分もあるにはあったが。

（これは……違うな）

　と感じた政宗であった。ところどころ、いや、かなりの部分に隠し通せないもの、演じ通せないものがある、と彼は見て取っていた。

　それは一夜漬では身に付く筈もない〝品性〟の漂いと受け取れた。

　早苗とサヤの話が一区切ついた辺りで、政宗は控え目な調子で口を挟んだ。

「サヤ殿、一つお訊ねしてよろしいかな」

「あ、どうかサヤと呼び捨てにして下さい。勿体《もったい》ないことで」

サヤがはじめて政宗と目を合わせた。首領の女房らしい口ぶりであったが、政宗は矢張り（似合うていない……）と思った。

「そなた、もしや生まれは京であるまいか」

「えっ……いえ、私はこの地の百姓の家に生まれ、右衛門に嫁ぎましたが」

「だが、話し様《よう》の中に、しばしば京言葉や特有の柔らかみが滲《にじ》み出ておる」

「いいえ、私は……」

「しかも、京の町衆の言葉とは明らかに違うておる。私は京の人間なのでな。よう判る」

「生まれながらにして、京の御方《おかた》でございますか」

「左様。幼少年の頃は奥鞍馬で育ってな、その後、京の町へ下りて現在《いま》になる」

「失礼ながら京の町のどちらに、お住まいでおられますか」

「武者小路の北の辺りに長く住んでいたのだが、事情あって今は吉田山へ移っておるが」

「すると、近衛様の御別邸のお近くに住んでおられたと？」

「そうそう。よう御存知じゃ」

するど、どうした事か、たちまちサヤの目が潤み出した。顔の右側に月明りを浴びているため、右目の潤みはとくにはっきりと判った。

「そなた京の御人《おひと》だな」

「は、はい。申し訳ございませぬ」

サヤの口調が変わった。首領の女房には程遠い、品のある控え目な話し方だった。

「べつに謝らずともよい。が、しかし、遠い京から何ゆえこの地へ？」

「…………」

「これは相済まぬ。立ち入った事を訊いてしまったようじゃ。許して下され」

「滅相も……どうぞ聞いて下さりませ」

「ん？　よいのか」

「どうぞ、この地へ参った訳を聞いて下さりませ」

「打ち明けて下さると言うのか。が、かえって苦しむことになるなら止された方がよいが」

「苦しみには、もう馴れました。ずっと苦しんで参りましたゆえ」

「それならば、私と早苗で聞きましょう」

「先程、貴方様《あなた》は武者小路の北の辺りと申されましたが、私《わたくし》は、その武者小路の西、聖竜院向かいに位置致します真出野小路《までのこうじ》和長《かずなが》の一人娘として育てられました」

「なんと……従三位《じゅさんみ》式部《しきぶ》権大輔《ごんのたいふ》であられる真出野小路家のご息女と？」

政宗よりも、早苗の方が「えっ」と驚きを強く見せた。ただ、真出野小路家は、血脈は良いがそれほど豊かな公家という訳ではない。

「はい」

と、サヤの表情が悲し気に曇る。

「これは驚いた。真出野小路家と申せば私が以前に住んでおった所から、それほど離れてはおらぬのう。で、現在《いま》のサヤという名前は生まれた時からの？」

「いいえ。こちらに来て、日本右衛門が付けた名でございます。誠の名は真沙乃《まさの》と申します」

と、サヤは真沙乃の字を、政宗と早苗に見えるよう、自分の掌《てのひら》に書いて見せた。

「で、また、如何なる事情で、公家のご息女がこの怪盗村へ参られたのだ」

「四年前の桜の頃、右衛門が、三河国の山深くにある凶賊阿野賀吾郎平《あのがごろべい》の巣窟《そうくつ》から救い出してくれたのでございます」

「阿野賀吾郎平……おう、思い出したぞ。確か七、八年前、京・大坂の商家や公家屋敷に押し入っては、金品を強奪し女子供を拉致《らち》し、人を殺《あや》め続けた凶悪集団の頭《かしら》であったな」

「はい。私《わたくし》はその吾郎平に拉致され、三河国へ連れて来られ、山深くにある凶賊村で二年余りを過ごしました。吾郎平の幾人かいる女房のうちの一人として……」

サヤこと真沙乃はそう言うと、うなだれ両の手で目頭を押さえた。

唇がぶるぶると震えている。

「そのような事情をお持ちであられたとは……」

と、早苗も肩を落とした。

「凶賊阿野賀集団と日本右衛門は対峙する間柄なのか？」

政宗が眉《まゆ》をひそめて訊ねる。

「はい。常に縄張り争いがございましたが、私が日本右衛門に救われてこの地へ参りました年に、凶賊阿野賀吾郎平の集団は右衛門の手で滅されましてございます」

「真沙乃殿は今、救われた、という言葉を用いられたな」

「はい。阿野賀吾郎平のもとでは、女房の一人とは申せ、それはそれは非道い扱いでございました。けれども日本右衛門は私《わたくし》を一人の大人の女として認め、大切に優しく扱うてくれております。小頭達の女房と連れ立ってしばしば宿場町へ買い物に出かけるのも、時には温泉へ泊まりがけで出かけるのも、全く自由でございます。その意味では、私《わたくし》は確かに右衛門に救われましてございます」

「なるほど。だがそれほど自由が与えられているなら、なぜ京へ逃げ出さぬ」

「もう、左衛門という子も出来ましたし、何より身も心も汚れてしまっておりまするゆえ、とても今さら……」

「何を言うか。人間の心や体というのは、そう易易と真っ黒には汚れ切らぬわ。現に右衛門を見なさい。東海道の街道筋では泣く子も黙ると恐れられている怪盗でありながら、そなたに大きな優しさを注いでおるではないか」

「…………」

「京へ戻りたいとは思わぬのか」

「…………」

「戻りたければ、早苗から右衛門に掛け合うて貰う、という手もある」

「私《わたくし》が赤子を抱えて京へ戻れば、真出野小路家はきっと迷惑に思いましょう」

「娘と孫の顔を見て、喜びこそすれ、迷惑と思う親など何処にいようか。考え過ぎぞ」

「けれども真出野小路家は、阿野賀吾郎平に押し入られ私《わたくし》が拉致されましても、京都所司代へ救いを求めることはせなんだ、と風の便りに聞いております。吾郎平の口からも、そうと聞かされたことがございました」

「従三位式部権大輔・真出野小路家の名誉を守らんがために所司代へ届け出なんだ、と言うのか」

「と、申しますよりも、私《わたくし》が血を分けた実の娘ではないゆえでございましょう」

「えっ」と、再び政宗より早苗の方が先に驚いて、「どういう意味でございますか」と続けた。

「実を申しますと私《わたくし》は十二歳の春まで、さる力なき小藩の京屋敷預かり役の三女として育ちました」

「なんと……では真出野小路家へは養女として?」と、政宗の表情が少し厳しさを覗《のぞ》かせた。

「はい。お子のいない真出野小路家で茶華道を習うようになりましたことが縁で、是非にと乞われましてございます」

「して、生家は何処の藩の京屋敷預かり役と言われるのか」

「福井矢形藩一万二千石が、京・仏光寺通《ぶっこうじ》に構えておりますす質素な京屋敷の預かり役として、二百石を賜わっている諸島順之助《もろしまじゅんのすけ》が私《わたくし》の実の父でございます」

「おう。福井矢形藩と申せば、文武に優れた名君によって治められた事で知られた藩。しかも現在は一万二千石ではなく、加増されて確か七万三千石の筈」

「えっ……戦のないこの世で、矢形藩は六万石以上も加増されたと申されるのでございますか」

「詳細は知らぬが、一度に加増された訳ではあるまい。名君として、恐らく幕府の諸政策に色色と大きく貢献したのであろう」

「それに致しましても、七万三千石とは驚きでございます」

「そう。七万三千石じゃ。立派なものぞ。仏光寺通《ぶっこうじ》の京屋敷は、今でも小さく質素なままのようだが」

「すると父は、大きくなった藩の京屋敷預かり役としては不適格として、何処かへ移されたのではありますまいか」

「さあ、それは判らぬが……そのような事よりも、真沙乃殿が拉致された事を、生家である諸島家が知っているのかどうか、どうも気になる」

「どういう事でございましょう?」

「真沙乃殿を見舞った突然の悲劇を、公家《くげ》の面子《メンツ》が大事と、所司代へ届け出なかった真出野小路家であるとすれば、たぶん生家へも知らせてはおらぬのではないだろうか。急死で既に埋葬したなどと装ったやも知れぬ」

「そんな……」

真沙乃は絶句した。

このとき何処からともなく、ざわめきが聞こえてきた。馬のいななき、甲高い女の悲鳴、男の怒声などが入り混じっているかのようだった。

「何事か」

と政宗は腰を上げた。早苗も見習って立ち上がる。

「もしかすると高井田平市《たかいだへいいち》が攻めて参ったのかも知れませぬ」と、座ったままの真沙乃が怯《おび》えた表情となった。

「なんだ。その高井田平市というのは」

「隣国に根城を構える山賊でございます」

「なに、山賊？」

「元は徳川家康様の密偵として働いていた野武士の集団の子孫達でございます。家康様がお亡くなりになり、戦も収まって平和が訪れますと、用済み扱いとなってしまい、生活に困るようになった子や孫の代から山賊を働くようになったとか」

「山賊なら日本右衛門と似たり寄ったりではないか。なにゆえ右衛門の村に襲い掛かってくるのだ」

「この村を自分達の支配下に置きたいからでございましょう。この村には女が多いことも、高井田平市には魅力なのかも知れませぬ」

「相手の力は?」

「戦える男の数だけで比べれば、五分と五分でありましょうか」

「ふうん。かなり激しく争っている様子だな」

「この伝わって来様《きよう》ですと、村の入口あたりで争っているものと思われます」

「これ迄に幾度、襲われたのだ真沙乃殿」

「私《わたくし》が知るだけで、五、六度でございましょうか」

「早苗……」

「はい」と早苗は政宗と顔を合わせた。

「そなたは、高井田平市が襲い掛かってくるのを幾度か見ておるのかな」

「いいえ。私は今日はじめて攻め寄せて来る人馬のざわめきを耳に致しました」

「そうか。で、我我二人はどうすればよい。博徒ならこういう場合、一宿一飯の恩義、とか申すのがあるようだが」

「いけませぬ。この争いに関わり合いになられては、いけませせぬ」

そう言って首を横に振ったのは、真沙乃であった。

「夫、右衛門は必ず追い返しましょう。これまでも一度として敗れたことはありませぬゆえ」

「この辺りの山は、どこの藩の領地なのじゃ。藩役人に怪盗日本右衛門が問題解決を頼み込む訳にはいくまいが、私や早苗なら上手《うま》く動けるやも知れぬ」

「この辺りの山も田畑も幕領、つまり徳川将軍家の領地でございます。ご支配代行の任に当たっておりますす御老中配下の遠国《おんごく》奉行様は、遥か山の彼方の、そのまた彼方という遠方にございまして、ほとんど監理放任の状態でありますことから、問題解決を依頼すれば、かえって藪蛇《やぶへび》になりまするかも」

「なるほど、それは言えるかものう」

政宗は、思わず苦笑した。

人馬のざわめきが、次第に近付いてくる。女達の泣き声も。

「政宗様。此度はどうやら相手の方が有利に動いているようでございます」

早苗が言った。

「どうやら、そのようだな」

早苗は床の間へ歩み寄ると、刀掛けに横たわった政宗の大刀を手にした。

「早苗。そなたは真沙乃殿と下働きの者達と共に、何処ぞに隠れていよ。真沙乃殿、この屋敷には、隠れるような場所はないのかな」

「ございます。万一の場合に備え、小さな隠し部屋が地の下に設けられております」

「おう、それはよい。さすが怪盗村じゃ。ともかくその隠し部屋へ急がれよ」

「でも……」と真沙乃は躊躇《ちゅうちょ》した。

「私のことなら心配せずともよい。早苗、急ぐのだ」

「は、はい。さ、真沙乃様」

それまでサヤ殿と言っていた早苗が、真沙乃様と言い変えた。

政宗は早苗から受け取った大刀を帯に通すと、玄関の方へ歩いていった。

「よい月夜じゃと言うのに、不粋な山賊共じゃ」

呟いて政宗は、玄関式台に立った。

走っている幾人もの足音が、次第に迫って来る。

右衛門の配下か、それとも高井田平市の配下か。

そして、八、九人の荒くれが一気に庭内へ雪崩《なだれ》込んできた。

「殺《や》っちめえ」

「ア」も「ス」もなかった。玄関式台に立っていた政宗に、そのままの勢いで二人が突っ込んでくる。まるで暴れ牛であった。

政宗の腰から、刀が走った。

荒くれ二人の右手首が、叩っ斬られる。

悲鳴があがるよりも先に、政宗は荒くれ共の真っ只中へ踏み込んでいた。

月光を浴びて、政宗の刀が宙を舞う。

徹底して相手の右手首に襲い掛かる政宗の大刀であった。

余りにも腕が違い過ぎた。八、九人共たちまち右手首から先を刀ごと失い、われ先にと逃げ出した。

おびただしい出血に、烏《からす》の鳴き声のような悲鳴をあげながら。

余りにも呆気無《あっけな》い。

「政治が全く行き届いておらぬなあ。幕領でこの有様ではのう」

政宗は刃を懐紙で清めて鞘《さや》に収め、溜息をついた。

暫くの間、彼は玄関式台に胡座《あぐら》を組んで、座り込んでいた。

第二波が、直ぐ近くにまで迫ってきたが、今度は防禦側の怒声も激しく、徐徐に押し戻され、やがてほとんど聞こえなくなった。

と、鉄砲の音が、たて続けに三発、すこし間を置いて、また三発聞こえてきた。かなり遠い。

それを契機に静けさが訪れた。どうやら争いは、政宗が予想したよりも短い時間で片付いたようだった。

(右衛門は勝ったのか、それとも負けたのか……)

政宗は右衛門が敗れたなら、もう一波瀾《はらん》、覚悟する必要があると思った。

馬が、こちらに向けて、走って来るようだった。

政宗には、全力疾走、と判った。

やがて、屋敷の前で、馬がいななき前脚を高高と上げた。

「どうどう……」と、馬上の日本右衛門。

彼は馬の背から飛ぶようにして下りると、そこいら辺りに飛び散っている月下の鮮血に目を剝《む》き、散乱している手首から先を指差して政宗を睨《にら》みつけた。

「これ……これは、あんた一人が？」

「左様」と、政宗は表情をやわらげて立ち上がった。

「あんた……一体何者じゃ」

「早苗との絆深き者、それではいかぬか」

「べ、べつに構わんが……あんた、大手柄じゃ」

「大手柄？」

「此処へは何人が攻め込んだ？」

「八人、いや九人だったかな。落ちておる手首を数えてみてくれぬか」

「この手首から先を落とされた者の中にな。高井田平市がいたようなのじゃ。右腕の先から鮮血を噴き出しながら、大声を上げて逃げて行きよったわ」

「右衛門殿の配下の誰かが斬ったのではないのか」

「いや、高井田平市は剣術をようやる。そう簡単には斬れん相手じゃ。それにな。奴が一団を引き連れて此処へ向かったのを見届けた手下がおる」

そこへ次から次へと右衛門の配下、騎馬の怪盗達がやってきた。

月明りの中ころがっている手首から先に、庭内が騒然となる。

「あんたの名前を教えてくれんか。あんた、ではどうもいかん」

「政宗でよいが」

「姓は？」

「忘れた」

「忘れた？……名乗るのは都合が悪い、ということか。ま、ええわい。都合が悪い事を沢山抱え込んどるのは、お互い様よ」

「その寛大さは何より有難いな」

「政宗殿。サヤが此処へ訪れておろう。無事か」

「心配ない。地下の部屋に下働きの者や早苗と共に隠れておる」

「そうか、無事か。有難い、礼を言う。この通りじゃ」

日本右衛門が、ヒョイと頭を下げた。

三

翌朝。

政宗は気分よく目覚めた。熟睡できたせいであろう。縁側に出てみると、外は一面霧で覆われていたが、明るい朝だった。霧の向こうから朝陽《あさひ》が差し込んでいるからだろうか。霧がまるで絹で編まれた生地のように、静かに輝いている。キラキラとした小さな粒が流れているのが判る。

縁側を、すり足で昨日の下働きの中年女がやって来た。

「まもなくご朝食の用意が、台所そばの板の間に整います。お座敷までお運び致しますか」と、今朝は、にっこりとする。

「いや。板の間へ参りましょう」

「その方が、温かな御味噌汁や御飯を味おうて戴けます」

「そうですね。味噌汁は温かいがよい。案内して下され」

「はい」

政宗が案内されて、台所と向き合っている板の間へ行ってみると、すでに早苗が若い下働きの女達に混じって、膳の用意を手伝っていた。

「おはようございます」

と早苗が微笑む。

政宗も「おはよう」と微笑み返して、膳の前に正座をした。

政宗と早苗の食事が始まると、下働きの女達は気をきかせた積もりなのか姿を消した。

「のう早苗……」

「はい？」

「この怪盗村の男達の中には、剣術に優れた者が二、三十人はいる、と昨日申したな」

「その通りでございます」

「その点がどうにも気になる。どういう訳か、気になるのじゃ」

「誰から教わっているのか、という事がでございますか」

「うむ」

「昨日申し上げましたように私は存じ上げませぬが、朝の膳が済みましたなら、右衛門殿に訊いて参りましょうか」

「そうしてくれるか。どうして気になるのか私にも判らぬのだが、見過ごしたまま此処を離れる訳にはいかぬような気がしてな」

「昨夜《ゆうべ》、政宗様がおられなければ、サヤ殿、いえ、真沙乃様や下働きの者達は危なかったやも知れませせぬ。右衛門殿はきっと、こだわりなく答えてくれましょう」

「そうであるなら有難い。言葉を選んで上手く訊ねてみてくれ」

「はい」

「此処から右衛門殿の住居《すまい》までは遠いのか」

「いいえ。小川沿いに三町ばかり西へ下った辺りにあります」

早苗は朝食を済ませると、若武者姿のまま出かけた。

すでに霧は薄まり、朝陽《あさひ》が心地よく大地に届いていた。

政宗は両刀を腰に帯びて、小川のほとりを散策した。

絵にしたいような、よい所であった。左手は一面に青菜の畑で、彼方に向かって緩く傾斜していた。今頃の時期になる青菜とは、一体何であろうか、と考えながら政宗は小川に沿って、そぞろ歩いた。

幅六尺ばかりの流れの向こうには、崖《がけ》を背にして石蕗《つわぶき》の黄色い小花が咲き乱れている。

「人間とは妙なものだ。ちょっとした事情によって、思いもしなかったこのような場所へ来ることになる……これを縁《えにし》とでも言うのかのう」

政宗は呟いて立ち止まり、辺りを見まわした。

怪盗村とは言うが、穏やかであった。昨夜の高井田平市の奇襲が嘘のようである。

（幕府の厳しい使命に耐えてきた早苗は、この穏やかな美しい村にひかれて、絆を強めているのかも知れぬなあ）

政宗がそう思ったとき、大地を打つ馬蹄《ばてい》の音が伝わってきた。

政宗は振り返った。

早苗が小川沿いに馬を走らせて来る。しかも、彼女の直ぐ後ろに、もう一頭無人の馬が付いてきていた。両馬はべつだん綱では結ばれていない。後ろの馬は、前の早苗の馬に誘導されるようにして駆けている。

（何をやらせても、早苗はよくやるなあ）

改めて感心する政宗であった。

二頭の馬が、次第に速度を落とす。

「どうっ……」

早苗の一声で、なんと二頭の馬はほとんど同時に、政宗の前まで来て止まった。

まるで何年も早苗に飼い馴らされてきたかのように。

「早苗は馬の操りが上手いのう」

「私達が乗ってきました馬は、右衛門殿の手で宿場まで返しておいてくれるそうです。代わりに、この二頭を借りて参りました」

と言いながら、早苗が馬から下りた。

「この二頭は右衛門殿の厩舎の？」

「はい。京まで遠慮なく使ってほしい、とのことでございました」

「我我が乗って来た馬を右衛門殿が宿場へ返してくれるのは有難いが、大丈夫なのかな。宿場には役人がいるのでは」

「右衛門殿に対しては、宿場役人ではとても手が出せませぬ。それに彼は宿場の人達に嫌われている訳でもありませぬゆえ」

「彼は一体どのような相手を主に襲うのだ。大名行列に対しては容赦しない、とは聞いたが」

「やはり豪商《ごうしょう》や大名行列に限られているのでありましょう。とくに権力者とつながっている豪商に対しては、大名行列に対するのと同様、容赦しないと聞いております。小商人や、苦労に苦労を重ねて築き上げた暖簾《のれん》を襲ったりはしないようでございますよ」

「そうか。どうやら右衛門殿とは気が合いそうじゃな」

「右衛門殿はこの馬で、直ぐにでもこの村を発《た》ってほしいそうです」

「直ぐに？……それはまた、どうしてじゃ」

「凶賊高井田平市の一味が、態勢を立て直して攻めて来るのを警戒してのことでありましょう」

「では、捨ててはおけぬな」

「いいえ、私《わたくし》は直ぐに発つべきと考えまする。右衛門殿にとっては、私《わたくし》達が争いに巻き込まれるのは迷惑なのでございましょう」

「迷惑とな……なるほど。判らぬでもないが」

「それから剣術に優れておりまするのは、右衛門殿と小頭達のようで、彼等を指導しているのは修栄山《しゅうえいざん》の五合目に在る禅寺、本戒寺《ほんかいじ》の提道《だいどう》禅師様とか」

「ほう。禅寺の僧が怪盗集団に剣術を教えておるとは面白い」

「修栄山はあの山の向こう隣に並んであるそうでございます」

早苗は遠い彼方の山波の左の端の方を指差して見せた。

「あの、人の顔をしている山の向こう隣に並んでとな」

「はい。ここからは見えませぬが」

「遥か彼方じゃのう。そのように遠い所へ、この村からわざわざ剣術を習いに行っておるのか」

「三か月に一度程度、小頭達が提道禅師の教えを受けるため、修栄山へ出向いているそうでございます」

「その〝一度〟と言うのは、何日間ぐらい修栄山に滞在しておるのだ」

「ひと月半くらい、と右衛門殿は申しておりました」

「小頭達の全員が同時に？」

「いいえ。凶賊高井田平市の一味が、いつ攻めて来るか判らない状態でありますことから、半数が交替で教えを乞うているようでございます」

「ふうん。怪盗と言われる集団であるにも拘《かかわ》らず、小頭という指導者層が絶やさず修練を積み重ねるとは、まるで幕軍並みじゃのう。本当に幕府転覆などの野心は持っておらぬのかな」

「持っておらぬと思いまする」

「そうか……判った。では我我はこの村を退散して修栄山を目指すと致そうか」

「どうしても修栄山へ参られるのでしょうか」

「そのつもりだ」

「では私《わたくし》は先に屋敷へ戻って、右衛門殿から戴いた薬その他の荷駄を整えて参ります」

「うん。頼む」

早苗はヒラリと馬の背に跨《また》がるや、馬腹を軽く蹴って、もう駆け出していた。自在に馬を操っている。

政宗は栗毛の手綱を引いて、景色の移ろいを楽しみながら、小川に沿ってゆったりと屋敷の方へ戻った。

四

街道に出る近道を右衛門に教えて貰った、という早苗に先導を任せ、政宗は怪盗村を後にした。

二人は田畑の中を貫く道を、西南の方角へ向かった。

「気持のよいほど、美しい景色でございますね」

「開拓と、森や林を大事に残すという調和が取れておるからだ。右衛門という男、なかなかな人物と見た。恐れられておる割には、血腥《なまぐさ》い印象はないしのう」

「真沙乃様を女房の座に据えてから、変わったのではありますまいか。本性は暴れ牛のような男、と伝え聞いております」

「ははは。ふふっ。暴れ牛か……面相は、合っておるわ」

「まあ。ふふふっ」

前と後ろで語り合いながら、二人は田圃の中の道をのんびりと進んだ。

「それにしても早苗は馬の扱いが上手いのう」

「私共一党の任務には、馬術は欠かせませぬゆえ」

「この国に馬術というものが出現したのは、いつ頃なのか、恥ずかしながら私は知らぬ」

「まあ。政宗様でも知らぬことが、ございますのでしょうか」

「馬鹿を申せ。私は並の人間じゃ。まだまだ未熟者ぞ」

「古墳時代の中期でございましょう。馬術がこの国に出現致しましたのは」

「ふうん」

「古墳時代以前にも、この国に馬はいたようでございますが、朝鮮から馬具などが伝わって参りましたのが、古墳時代中期と言われておりまする」

「なるほど。朝鮮式馬術じゃな」

「はい。けれども時代が奈良時代に入りますと、馬具も馬術も唐様《からよう》となったようでございます」

「そなたの馬術も、私の馬術も、この国特有の和流馬術であるな」

「左様でございますね。平安時代中期、東国武士の勃興《ぼっこう》によりまして、馬術は画期的な発達を見ましてございます。戦《いくさ》が和流馬術を生み、発達させたと申しましょうか」

「うん。気の荒い野生馬に乗って戦場を駆け回るには、馬術は不可欠だからのう」

「あ、御覧なさりませ政宗様。あの竹林を潜り抜けますと、幕領の外に出ることとなりまする」

早苗が前方を塞ぐようにして横に広がっている竹林を指差した。

「幕領の外は、何処の藩なのじゃ」

「松平和泉守道清《いずみのかみみちきよ》様、三万六千石の領地でございます」

「うーん。また松平か。やはり私の姓は考え直さねばなるまいかのう早苗」

政宗は苦笑した。口で言ったほど、こだわってはいない政宗であった。姓など、無くてもよい、とさえ思っている。

二人は、竹林に入っていった。

日が射し込まぬ、薄暗い竹林であった。道の両側をびっしりと埋めている竹はどれも太く、見上げる高さにまで伸びて、二人の頭上で交差し合っていた。まるで竹で編まれた隧道《ずいどう》だ。

五、六町《ちょう》も竹隧道を進んで反対側に出た二人は、予期せぬ光景に出くわした。

白馬に跨がった日本右衛門が二、三十の騎馬を従えて、整然と横一列に並び二人を出迎えたのである。見送るための、出迎えだ。

右衛門は早苗と政宗に目を合わせると、白い歯を見せてニヤリとした。

「気を付けて行きなされや早苗殿。サヤはそのうち赤子と共に生家へ里帰りさせるゆえ、心配ご無用じゃ」

「サヤ殿が自ら申されたのか。京へ帰りたいと」

早苗が応じて微笑んだ。

「おうよ。いきなり切り出されたので、驚いてしもうたわ。なんでも、そこなお武家様に色色と言われて、すっかりその気になってしもうたとか」

「迷惑を掛けたかな」

政宗が矢張り微笑みながら言うと、右衛門は「なんの……」と首を横に振った。

「実はな。儂《わし》も、一度はサヤを京の生家へ戻してやらねばならん、と内心考えてはおったのよ。サヤから切り出されて、踏ん切りがついたわい」

「では、サヤ殿に対し、首を縦に振ったのだな」と早苗。

「振った」

「サヤ殿に伝えておいてくれぬか右衛門殿。京へ着いたら、先ず祇園《ぎおん》の〝胡蝶〟という店を訪ねてほしい、と」

「胡蝶とな？」

「この早苗が深く関わっている料理屋なのだ。安心の出来る店だ」

「へえ。早苗殿は、料理屋なんぞに関わっておるのか」

早苗に代わって、政宗が口を挟んだ。

「安心の出来る店だということは、私が保証しよう。子連れのサヤ殿がいきなり生家を訪ねるより、胡蝶で事前の準備を整えた方がよいと思うが」

「なるほど。お武家様の言う通りじゃ。それがいい」

「私が責任を持って、胡蝶で里帰りの用意を手伝いますから」

早苗が優しい口調で言うと、右衛門は深深と頷いた。

「子連れのサヤを一人で旅させるのは不安じゃから、小頭達の女房三、四人を付けたいと思うが、その女房達も胡蝶で面倒見てくれると有難いのだが」

「お安い御用じゃ。この早苗に任せておきなされ右衛門殿」

「そうか。引き受けてくれるか。早苗殿が引き受けてくれるとなると、何の心配もないわい」

右衛門は目を細めて顔をくしゃくしゃにすると、その顔を配下の方へ振り向けるや怪盗の顔つきになった。豹変《ひょうへん》だ。

「源治《げんじ》、三五郎《さんごろう》、六平太《ろくへいた》、鉄次《てつじ》、宗介《そうすけ》、早苗殿とお武家様を〝分去《わかさ》れの松〟までお見送りしろい」

「承知っ」

真黒な馬に乗った髭面が、目をギョロリとさせ大声で応じた。腰に二刀を帯び、鉄砲を背にしている。弓矢筒を鞍《くら》の前部左側に下げて。

「此処から〝分去れの松〟までは、およそ二里半。その中程の仙人岳《せんにんだけ》の麓《ふもと》あたりが高井田一味の村に近いので、念のため五人を警護に付けさせてくれ」

「左様か。有難く受けよう」

早苗に代わり政宗が真顔で答えた。彼はますます、右衛門が気に入り始めていた。

「では元気でな早苗殿。お武家様も」

日本右衛門はそう言うと、手綱をグイッと右へ引くなり馬腹を蹴った。

駆け出した右衛門の白馬の後を、荒くれ達が続く。

(全く妙な縁《えん》が出来てしまったものだ)

政宗は表情をやわらげて、竹隧道の中へと消えてゆく怪盗の一団を見送った。

第二十章

一

何事もなく松平和泉守道清三万六千石の領地を抜けて、東海道に入った政宗と早苗が、三河国額田《ぬかた》郡岡崎宿の入口に着いたのは、昼九ツ午ノ刻を少しばかり過ぎた頃であった。

「怪盗村から眺めた人の顔をした山だが、こうして何里も西へ移動して眺めても矢張り人の顔をしておるなあ」

政宗は感心したように、その山を眺めた。

「すっかり間近となりました。あの〝人顔山〟と並んで隣合っているのが修栄山と申しますゆえ、富士に似たあれでございましょう」

早苗が指差した山は、なるほど〝小富士〟と称してもいいような、富士の形をした山であった。

「本戒寺は修栄山の五合目に在《あ》るとの事ですから、この近くに登山口がありましょう。見て参りますゆえ、此処にて暫くお休みなされますか」

「いや、私も行こう。初代将軍徳川家康公誕生の地ぞ。修栄山へ入る前に、ざっとでも見て回りたい」

「判りました。では、そう致しましょう。往きは馬で走り過ぎただけでございますからね」

「うむ」

二人は馬から下り、手綱を引いて岡崎の宿に入った。

前方に岡崎城の三層の天守が見える。

「ここは確か、水野忠善《みずのただよし》殿が藩主であったな」

「はい。石高は五万石。この街道は、あれに見えます御城を、右へ左へ、東へ西へと複雑に曲がりくねって取り囲みつつ続いております」

「軍略上、わざと複雑に曲がりくねった街道としたのであろうな。なにしろ神君家康公の誕生の地じゃ」

「御城も五万石にしては、立派でございますね」

「宿場もなかなか賑《にぎ》わっておるなあ」

そう言った政宗の脇を、早飛脚が西へ向けて駆け抜けた。

「この城下には、本陣、脇本陣がそれぞれ三軒、旅籠《はたご》の数は百十二軒もございます」

「ほう。百十二軒もあるかあ」

「なんでも東海道筋では、三番目に多い数とか」

「見なさい早苗。あれに飯屋があるぞ。握り飯と水の用意を整えてから修栄山に入った方がよかろう」

「そうですね。そう致しましょう」

「手綱を預かろうか」

「はい。お願い致します」

早苗は手綱を政宗に預けると、少し先の飯屋――割に大きな構えの――へ足を向けた。旅人達がひっきりなしに、出たり入ったりしている。

早苗が飯屋へ入って行くのを見届けた政宗に、背後から「お武家様……」と声を掛けた者があった。

政宗が振り向くと、博労《ばくろう》らしき中年の男が一人で馬三頭の手綱を手に立っていた。

「そろそろ馬に水をやりなせえ。そのままじゃあ、あと一里も早駆けすると、馬の心の臓が止まってしまいますぜ」

「うん。水を飲ませてやりたい頃だとは思うておるのだが」

「ほれ。あの辻を右へ折れた所に、用水があるから飲ましてやりなせえ」

「馬に飲ませても構わぬ用水なのか」

「早馬や飛脚馬のために備えられている用水でさあ」

「そうか。それは助かる」

「それから、お武家様……」

「ん？」

「お手持ちの二頭の馬、失礼ですが、お武家様ので？」

「あ、いや。ある人物から借りているのだが」

「借りていると言いますと……」

「だから借りているのだ。それ以外に、言い様《よう》がない」

「ご迷惑でなければ、誰に借りているのか、教えて戴《いただ》けませんかね」

「なにかな？」

「なぜ気になる」

「へい。俺の親しい奴の持ち馬に似ているもんで」

「ちょいと怖い奴の馬だが」

「怖い奴？」

「泣く子も黙るほど怖い男だ」

「日本右衛門？」

「シッ。大きな声で言ってくれるな」

「お武家様は、日本右衛門と知り合いなんですかい」

「まあな」

「そうでしたかい。これはどうも失礼したようで。おわびに蹄《ひづめ》の調子など検《み》て差し上げましょうか」

博労らしき男はそう言うと、自分が手にする手綱をそばの柳にくくり付けた。

（この男、右衛門と顔見知りだな）

政宗はそう思い、右衛門の勢力の広さに改めて関心を持った。

「大丈夫。この蹄で京、大坂まで楽に行けますわい。水だけは、たっぷりと飲ましてやるこったな」

　馬二頭の蹄を見終えて腰を伸ばした男は、白い歯を覗《のぞ》かせてニッと笑った。

「そうか、有難う。水は直ぐに飲ませよう。これ、少ないが……」

　政宗が着物の袂《たもと》から小粒を取り出そうとすると、

「冗談は止しにしなせえ」

　男は柳にくくり付けた手綱をほどくと、振り向きもせず足早に離れていった。

　早苗が戻ってきた。右手には水が入っているらしい大きな瓢簞《ひょうたん》を、左手には竹の皮で包まれた握り飯らしいのを、持っている。

「ご存知の方だったのでしょうか」

　遠ざかっていく博労らしい男の後ろ姿を、早苗は目で追った。

「いやなに。人の善《よ》い博労がな、そろそろ二頭の馬に水を飲ませる頃だ、と注意してくれたのだ」

「そう言えば、そうでございますね。修栄山への登り口を飯屋で聞いて参りましたゆえ、馬に水を飲ませて参りましょう」

「それ、その先の辻を右へ折れたところに用水があるそうだ。馬に飲ませてもいいらしい」

政宗はそう言うと二頭の手綱を引いて歩き出した。

「政宗様。この宿場には腕のよい刀鍛冶《かじ》がおりまする。修栄山へは明日の昼過ぎてから向かうと致しまして、刀を研ぎに出されては如何《いか》がですか」

「この岡崎に腕の良い刀鍛冶がいるということは、存じておる。三州薬王寺助《さんしゅうやくおうじすけ》次《つぐ》の地を継ぐ刀匠達であろう」

「その通りでございます。頼み込めば、明日の昼までには丁寧に手を入れて下さいましょう」

「いや。柳生殿の強烈な打撃の多くは峰で受けたゆえ、刃は心配するほど傷んではおらぬ。このままでよい」

「でも……」

「大丈夫だ。心配致すな」

二人は馬に水を飲ませると、修栄山へ向かった。

日本右衛門の怪盗村へ向かった時とは、比較にならぬほど楽な山道だった。

いわゆる、いろは坂であったから傾斜が緩く、馬も人を乗せていながら平地を行くようにゆっくり軽軽と登っていった。道幅も、馬二頭が横に並んでも、充分に人の往き来が出来るほどに広い。

「天気が良いというのに、今日は冷えるのう早苗」

「もう山の秋は過ぎたのでございましょう。木木の緑も艶《つや》を失い鈍い色となり始めております」

「冬に入ったのじゃなあ。そしてまた花の美しい春が訪れる」

「はい。冬に入りますと、春の訪れが楽しみとなりますことね」

「それにしても、人の往き来が目立つのう」

「きっと本戒寺への参詣《さんけい》の往き来でござりましょう。地元のみならず、遠くから参詣に訪れる者が少のうない、と右衛門殿が申しておりましたゆえ」

「ふむう。善男善女の参拝が絶ゆることのない禅寺の僧が、悪党一味に剣術を教えるとは、これまた妙な事ぞ」

「政宗様は何が気になって、本戒寺を訪ねようとなされているのでしょうか」

「単なる偶然かも知れぬが……」

「偶然？」

「右衛門殿の怪盗村へ一歩踏み入った辺りで、我等の面前に立ち塞《ふさ》がった一団がいたであろう」

「はい」

「その最前列にいた数人の内の二人が抜刀していたのだが、その刀の構え方に実は驚いたのだ」

「え……」

「私が十歳の頃に教わった剣法の一つ、飛龍の舞の初歩の形そのままじゃった」

「な、なんと申されます」

「べつに難しい構えではなく、初歩の中の初歩の構えゆえ、単なる偶然かも知れぬ、と申した訳じゃ」

「どのような構えでございましょうか」

「抜いた刀の切っ先を左足の甲の上に浮かせ刃は相手に向ける、という構え方じゃ。とくに相手を驚かせるような、奇態な構えでもない」

「政宗様。その構え、もしや馬上の武者の右足、あるいは馬の右手綱《みぎたづな》を断ち切ろうとする構えではございませぬか」

「ほほう。さすが早苗ぞ。よく気付いたのう」

「その刀法を政宗様は十歳の頃に、教わりなされたと」

「うむ。私に剣法を伝授して下された恩師には、そのうち早苗にも会うて貰う積もりでいるがな」

「政宗様が修行なされました刀法の内の一つが、初歩中の初歩の段階の形とは申せ悪党が身に付けているとは……これは見過ごせませぬ」

「それゆえ、修栄山本戒寺へ参ろう、と言うた訳だ」

「本戒寺の提道禅師様が、政宗様が修行なされし剣法を、心得ておられる可能性があるのではございませぬか」

「可能性は……あるのう」

「なんだか嫌な予感がして参りました」

「ははは。余り心配いたすな。べつに提道禅師と対決する訳ではないぞ」

「なれど……」

早苗は美しい表情を曇らせた。

「よいお天気で」

商人風の男が、馬上の二人に声を掛けて、すれ違った。

早苗が会釈を返す。

「ええ御参りを」

今度は老夫婦らしい二人が、政宗と目を合わせて腰を折った。

「足元お気を付けなされてな」

政宗は穏やかに言葉を返した。

「本戒寺はこの山の五合目と言うたな早苗」

「はい。もう間《ま》もなくではないかと」

「いま木立の切れ目の向こうに、茅葺《かやぶき》らしい大屋根が見えたが」

「ええ。右衛門殿は茅葺の堂堂たる本堂があると申しておりました」

「そうか。では直ぐ其処だな」

緩い坂道を下りて来る人人の姿が目立ち出した。御利益《ごりやく》の厚い寺院として通っているのか、どの顔も暗さを忘れているかのようだった。

政宗と早苗は馬から下り、崖際を前後になって歩いた。人の往き来の妨げにならぬようにと。

山門が見えてきた。

「ほう」と、政宗が目を見張る。

知恩院《ちおんいん》や南禅寺《なんぜんじ》の山門を見馴《みな》れている政宗の目にさえ、壮大と映る山門であった。

二人は歩みを速めて、山門へと近付いていった。

山門の前には一軒の茶店があった。二階建である。

「これほど立派な山門を持つ寺院の前に、茶店が一軒だけとは珍しゅうございますこと」

と、早苗が山門の立派さよりも、そちらの方に驚いた。

「一軒だけとは言え、なかなか大きな茶店ではないか。二階には泊まれるのかな」

「場合によっては、お泊まりになるお積りでございましょうか」

「いや。泊まる積りはない」

「馬お預かり、の貼り紙がございます。預けて参りましょう」

「うん」

政宗は手綱を早苗に預けると、真っ白な石で組まれた二十段ばかりの石段を上がって、壮大な山門を潜った。

真正面に、茅葺の本堂があって人が集まっていた。堂堂たる構えの本堂だ。大屋根の茅は葺替えたばかりと判った。葺替えには、相当な人手とカネを要する。庫裏《くり》や宝物殿、経蔵と判る建物もなかなかのものであった。手入れが行き届いているのか、広い境内にはチリ一つ落ちていない。落葉さえ、数えられるほど、と言ってもいい程だった。

(これは……並の寺院ではない……幕府との絆《きずな》深い寺ではあるまいか)

政宗は辺りを見回して、そう思った。目が自然と険しくなる。

「預けて参りました。本戒寺によって営まれている茶店でございました」

そう言いながら、早苗が政宗と肩を並べる。

「早苗……」

「はい」

「この本戒寺を見回して、何か感じぬか」

「山門を潜りました途端、もしかすると、と思いましてございます」

と、早苗の声が低くなった。

「どう思ったのかな」

「この地を支配せし岡崎藩は、神君家康公ゆかりの地でございますことから、名門譜代《ふだい》の大名が当てられ、本多豊後守《ほんだぶんごのかみ》康重《やすしげ》様、康紀《やすのり》様、忠利《ただとし》様と続きました。現在《いま》では矢張り譜代の名門水野様が当てられておりますことから、岡崎藩は将軍家とは切っても切れない間柄。これらのことから、本戒寺も幕府の支援を受けていることは確実かと」

「さすが早苗。私もそう見た」

「この寺院の建造物の立派さが、それを物語っているように思いまする」

「本戒寺が幕府と強いつながりがあるとすれば、その寺の僧が悪党に剣術を教えるは何を意味するのかのう」

「さあ、それは……」

「私にも判らぬ。出来れば提道禅師とやらに会うてみたい」

「悪党に剣術を教えるからには、境内の何処かに道場がございましょう」

「しかし……広いのう」

「境内を一回り歩いて見まする」

「早苗は本堂の右側から、私は左側から歩いてみよう。もしどちらかが道場らしき建物を見つけたなら、その前で待つという事に致そうか」

「判りました」

二人は本堂の前で右と左に分かれ、境内の針葉樹林の中へと続く小道を歩き出した。

「鬱蒼《うっそう》としておるが、しかしよく手入れされておるなあ」

政宗は森の中の綺麗《きれい》さにも、改めて感心させられた。人の目に付かぬ所だからと言うて、手が抜かれてはいない。雑草は取り除かれ、したがって林立する巨木はかなり奥まで見通せた。

「一体どれ程の人手を掛けているのやら」

政宗は呟いて、針葉樹林の奥へと向かった。

二、三町《ちょう》ばかり行ったとき、話し声が聞こえてきた。こちらへ向かって来る線の細い元気そうな声だった。

子供だ。

と、すぐ先の巨木の陰から、竹刀《しない》を手にした四、五人の子供達――男の子が姿を見せた。

子供達は政宗に気付いて驚き、少し薄気味悪そうに立ち竦《すく》んだ。どうやら、この辺りまでは、滅多に参詣者は足を踏み入れないようだった。

子供達の驚き様《よう》が、そう教えてくれている。

「剣術の練習かな」

と言いつつ、政宗は笑顔で子供達に近付いていった。

「はい」と、一人が頷く。子供達の中で、一番背が高い。

「どれ。私に竹刀を見せて御覧」

背の高いその子が竹刀を両手で横たえるようにして、素直に政宗に差し出した。

（こ、これは……）

受け取るよりも先に、間近で見たその竹刀に政宗は大きな衝撃を受けた。

奥鞍馬で修行中に用いた竹刀――恩師より与えられしもの――と寸分違わぬ作りであった。細長い竹板五枚を合わせて太さ一寸ほどの丸い棒状とし、鍔《つば》から先を獣の皮で覆ってある。そして、獣の皮の上には朱色の一本の線が引かれていた。

刃《やいば》であることを示す線だ。

柄の部分には、二重、三重に麻布が巻きつけてある。全く同じ作りだった。

「有難う。いい竹刀だな。誰に作って貰ったのかな」

「提道和尚に作って貰いました」

背の高い子供は、はっきりと答えた。

「坊達は岡崎から通っているのか」

「はい」

「歩いて?」

「はい」

「それはよい修行になる。足腰が強くなろう。頑張りなさい」

政宗は子供に竹刀を返して歩き出した。

今度は七、八人の子供達と、すれ違った。先の一団よりは幼く、矢張り子供等《ら》も政宗に驚いたようだった。

一町ばかり行って、枝振りが見事な、たった一本だけ立ち聳《そび》えている楡《にれ》の巨木の角を左へ折れると、幾つもの櫺子窓《れんじまど》を持つ瓦葺白壁の建物があった。これも立派だ。それに真新しい。

政宗には一目で、剣術道場と判った。広大な境内の針葉樹林の奥へ剣術道場をもってきたのは、竹刀の打ち合う音や気合などで、参詣する人人を驚かさないためであろう。

政宗は櫺子窓に近付いて、道場内を見た。

彼が認めたのは、紫の僧衣を纏《まと》って座禅を組んでいる老僧——恐らく提道禅師——の後ろ姿だけであった。

他には、誰の姿も見当たらない。

(はて?……)

政宗は、ちょっと首を傾《かし》げた。後ろ姿が、夢双禅師に似ていたのだ。気のせいではなかった。確かに似ていた。

彼が道場玄関の方へ回ろうと、体の向きを変えたとき、反対方向から早苗がやって来た。

「此処だ」という風に政宗が道場を指差して見せると、早苗は黙って頷きつつ政宗との距離を詰めた。

二人は道場玄関の前で足を止めた。

「道場には、提道禅師と思われる僧一人がいる」

政宗は、小声で言った。

「お会いになるのですね」

「是非にも話を交わしてみたい。座禅を組んでおられる後ろ姿しか見えなんだが、私に剣を伝授して下さった恩師の後ろ姿に、実によく似ておられる」

「えっ……」と、早苗は息を飲んだ。

「後ろ姿が似ているからと言って、顔も似ているとは限らぬからのう。ともかく会ってみよう」

「なんだか嫌な予感がしてなりませぬ政宗様」

「今さら嫌な予感を恐れる我我でもあるまい」

政宗はチラリと笑うと、道場玄関の格子戸に手を掛け、静かに引いた。

「お願い……」

政宗が、道場の奥に向かってそこまで声を発したとき、

「遠慮は無用じゃ。入られよ」

と、返答があった。重く渋い声である。

政宗と早苗は、思わず顔を見合わせた。気付かれていたのだ。

「それでは御無礼仕《つかまつ》ります」

政宗は応じて早苗を目で促し、雪駄を脱いだ。

道場では老僧が、櫺子窓から差し込む日の光を背に浴びて、二人を待っていた。

先程とは体の向きを変えてはいたが、矢張り座禅の姿勢である。

老僧の顔を真正面から見て、政宗は愕然《がくぜん》となった。

恩師、夢双禅師が目の前にいた。眉も鼻筋も口も、まぎれもなく恩師であった。

「何を驚いておる。何処から何用でこの道場を訪ねて参った」

老僧は、おごそかな口調で問うた。

「京から江戸へ向かった者です。途中、日本右衛門殿の村に泊めて貰う機会があり、提道禅師様の御名を知ることとなりました」

「おう。右衛門の村に泊めて貰うたか。よくぞ泊めて貰えたものじゃ。それに、よくぞ生きて村を出られたのう。かっかっかっ」

老僧は破顔した。

「間違うては失礼になりまするゆえ、お訊ね申し上げます。御坊は提道禅師様でございますね」

「いかにも……そなた達は京の者だと申したな」

「はい」

「体の力を脱《ぬ》き、見事に自然体なれど、道場の床板を嚙《か》んでいる両足の爪先には一分のスキも無し。若いに似ず、よう修行しておる。見事じゃ」

「は、はあ……」と、政宗の表情が、少し途惑った。

「その千変万化に備えたる自然体、闇《やみ》の構え其の一、飛翔。誰でもが容易《たやす》く会得《えとく》できる身構えではない……のう政宗」

「えっ」と政宗が硬い表情で座し、早苗も「あ」と背筋を真っ直ぐにしたあと正座した。

提道禅師が、政宗の名を言い当てた。いや、言い当てたと言うよりは、当然と言わんばかりに知っていた。目を細め、穏やかに政宗を見つめている。

「禅師様は何故に私《わたくし》の名を?」

「儂《わし》の顔を見て驚いたことで、その答えは自分で判っておろう政宗」

「わが剣の師、夢双禅……」

「一つ違いの弟じゃ。儂がな」

提道禅師は政宗に皆まで言わさずに答えた。

「わが恩師の御実弟であられましたか」

「そうじゃ。まるで双児の如くよく似ておろう。そなたの名は、時に兄からの便りで知らされておる。わが剣を超えし恐るべき異才を育てたり、とな」

「夢双禅師様は、この本戒寺の御出身であられましたか」

「本来なら夢双がこの寺院を継ぐ立場じゃ。神君家康公ご健在の頃より大切に扱われてきたこの大寺院は、今では末寺六十を数える大本山じゃ。が、夢双は将軍家お抱えの御用寺など性《しょう》に合わぬ、と岡崎から去ってしもうた。儂は、ぬるま湯につかって結構満足しておるがな。うわっはっはっはっ」

提道禅師は天井を仰いで高笑いした。

だが、直ぐに真顔となった。

「兄夢双はそなたに剣を教える過程で、この本戒寺のことについては何一つ語っておらぬのか」

「はい」

「兄らしいのう。そしてそこに、兄の人としての魅力というものがあるのじゃろうて」

「私《わたくし》にとって、恩師は絶対的な存在でありまする。大剣客としても、大恩人としても」

「うむ。そうであろう。兄夢双の剣は凄《すご》い。凄いの一語に尽きる。どうじゃ政宗。兄に〝わが剣を超えし恐るべき異才〟と言わせたそなたじゃ。ひとつ儂と立ち合うてみるか」

「是非に、お願い致します」

「宜しい」

提道禅師は座禅の姿勢から、すうっと姿勢正しく立ち上がった。

(政宗様と同じ立ち方……)と早苗は思った。彼女は座している政宗の、立ち上がる時の美しさが好きであった。

「自分で竹刀を選ぶがよい政宗」

提道禅師は、竹刀が掛け並べられている道場の東側へ静かに歩いていった。

「はい」と立ち上がった政宗が、紫の僧衣を纏《まと》ったままの老僧の後に従った。大きな道場である。竹刀が掛け並べられている板壁までは、早苗が「二人が遠ざかっていく」と感じる程の距離があった。

竹刀を選び終えた二人が、道場の中央で向き合う。

「ご指導宜しく御願いします」

「竹刀と雖《いえど》も、わが剣は相手の肉体を両断することあり」

「承知しております」

「うむ。では、参られよ」

二人は竹刀の先を軽く触れ合わせると、一歩退がった。

早苗は固唾《かたず》を呑んだ。

老僧提道禅師は竹刀を縦に走る朱色の線——刃——を政宗に向けての下段。そのため手首を捩らねばならぬ構えであった。

その刀法の恐ろしさを、政宗はむろん熟知している。

政宗は高め正眼であった。高め、とは言っても、剣自体の位置が高い訳ではなかった。

柄の位置は、本来の正眼の高さであったが、切っ先がかなり高い。

老僧が誘いか、トンと床を小さく踏み鳴らした。

政宗の切っ先が、僅かに下がる。

そのまま、二人は微動だにしなくなった。

早苗はいつのまにか、胸の前で両手を組み合わせていた。

（なんという激しさ……）と、彼女は戦慄《せんりつ》さえした。

お互いの激情が竹刀と竹刀の間で、ぶつかって見えぬ火花を散らしているのが、彼女には判った。

刻がジリジリと過ぎていく。

老僧も政宗も、息ひとつ乱さなかった。

違いは眼光であった。老僧の眼《まなこ》は爛爛《らんらん》たる光芒《こうぼう》を放って政宗を睨み付けていた。

対する政宗の目は、やや細めて優し気であった。竹刀の持ち方も、今にも取り押さえつけようとでも、するかの如く。

二人のその余りの違いが、早苗には不安だった。

落とすのではないかと思えるほど、ふわりと握っている。

「いえいっ」

老僧が裂帛《れっぱく》の気合を放って、床をバアンと大きく踏み鳴らす。

早苗は胸をドキンとさせた。老僧の気合が彼女の心の臓を、張り倒していた。

(提道禅師様は只者でない。もしかして政宗様は……)

負けるのではあるまいか、と早苗は思った。

と、政宗の剣が上がり出した。ゆっくりと……ゆっくりと……そして大上段となった。

老僧にとっては、政宗の腹も胸も腋《わき》も〝ガラ空き同然〟であった。

しかし、老僧の呼吸が、僅かに乱れ出した。

「せいっ」

老僧が半歩踏み込んだ。だが、其処までであった。政宗は微動だにしないのに、老僧はビクンとしたように飛び退がった。

とたん、政宗が光と化した。一直線に老僧に迫るや無言のまま竹刀を打ち下ろす。

老僧が左へ体を振りつつ政宗の竹刀を打ち払った。

が、政宗の竹刀は、さらりとそれを避け、老僧の右の頬すれすれの位置で止まった。

打っていたなら、竹刀とは言え、老僧の頬は砕けていた。

「見事……見事じゃ政宗。これでは兄夢双も勝てまい」

老僧は再び破顔して、全身の力みを解いた。

政宗は退がって、深深と頭を下げた。

「お教え、有難うございました」

「世の中は広いのう。尾張柳生もたまにこの寺に見えて立ち合うが、儂の方が強い。その儂を政宗はまるで子供扱いぞ」

「滅相もございませぬ。それから私《わたくし》は未だ、恩師には勝ったことがございませぬ」

「ははは。それはな、そなたが兄夢双に対して、優しく敬い接しておるからじゃ。その心が勝たせぬのじゃ。兄は、とうの昔に見抜いておる」

「そのような内容の便りが、届いたことがございましたか」

「何度あったことか。そしてな、それでよいのじゃ。修行して師を超える、師にとってこれほど嬉《うれ》しいことはないのじゃ」

「は、はあ……、自分が恩師を超えているとは、思えませぬが」

「政宗。今日は泊まってゆけ。とびきり旨い般若湯があるぞ」

「お酒を嗜《たしな》まれまするか」

「坊主とて酒は飲むわさ。生真面目な兄夢双と違うて、儂は大酒飲みじゃ。今宵は相手をせい」

「はい。それでは、お受け致します」

「離れがある。そこへ参ろう」

「庫裏ではなく、離れへでございますか」

「この道場の反対側にある離れじゃ。なかなかよい座敷ぞ。庫裏はいかぬ。修行中の若い僧がおるのでな」

「大酒飲みを将軍筋に知られると、まずいのではございませぬか」

「何がまずいものか。つい最近、京から江戸へ帰る途中の将軍家綱公もな、此処へ立ち寄られて儂と般若湯を楽しんだわ。たらふく、な」

「なんと。家綱公が本戒寺へ……」

政宗は老僧の予想外の言葉に驚き絶句した。

「家綱公は二条城内で正体の判らぬ刺客集団に襲われたそうじゃ。それをある若侍が蝶が舞うように叩き斬ったという」

「……………」

「さすがに家綱公は、その若侍の名を、教えてくれなかったがな」

「……………」

「さ、政宗。離れへ行こうぞ。般若湯じゃ」

「ですが、日はまだ高うございます」

「兄夢双のようなことを言うてくれるな。旨いものは、朝だろうと昼だろうと夜だろうと旨いのじゃ」

早苗が思わず、クスリと含み笑いを漏らした。

老僧が、はじめて気付いたように早苗を見た。

「そなた。若武者の形《なり》をしておるが女子《おなご》じゃな。名は何という」

「早苗と申します」

「そうか、早苗か。いい名じゃ。すまぬがな早苗。庫裏へ行って茄子《なす》と大根の漬物を皿に山盛り貰うてきてくれぬか。小僧にそう言えば判る」

「承知いたしました」

「あ、それとな、凍り豆腐の煮たのも頼む」

「はい」

「早苗も酒は、いける口か？」

「私《わたくし》は白湯《さゆ》を頂戴《ちょうだい》いたしまする」

「そうか、白湯か」

「では……」と、早苗は二人から離れていった。

二

剣術道場の離れ座敷からは、岡崎の宿場町が一望に出来た。

絶景であった。

この離れには、竈《かまど》を備えた小台所が付いている。

「どうじゃ政宗。この景色を肴《さかな》にしての般若湯は旨いぞ」

「ほんに絶景でございますね。左手の方角に輝いて見えますのは、三河の海でございますね」

「海が近いのでな。この離れ座敷へは魚屋の倅《せがれ》達がよく、旨い干物《ひもの》を差し入れてくれるのじゃ。さすがに生魚は断わっておるが」

「提道禅師様は、庫裏よりも、この剣術道場で日常をお過ごしでございますか」

「いや、そうもいかぬ。修行僧を指導するのも、儂の大事な務《つと》めじゃで」

そこへ早苗が戻ってきた。大きな盆に漬物を盛った皿と凍り豆腐を煮た小鍋をのせている。

「早苗よ。竈《かまど》の灰をそっと掻《か》き分けるとな、火種が眠っておる筈じゃ。それで炭に火を点けてな、水屋の中の鱚《きす》の干物を軽く炙《あぶ》って下され」

「はい只今」

早苗が何年もここに住み暮らしている者のように、手ぎわよく動き始めた。

老僧と政宗は、般若湯――冷や酒――を湯呑みに満たして飲み始めた。

「兄は元気に致しておるのか」

「はい。元気でおられます。禅師様、一つお聞かせ下さいませ」

「なんじゃ」

「将軍家綱様は、わが恩師と提道禅師様が御兄弟であることを御存知なのでしょうか」

「それはどうかのう。兄夢双が本戒寺を出て京へ向かってから、もう二十九年になろうか。若い家綱様は、その辺りの事情をご存知ないかも知れぬ」

「では江戸へ戻る途中に、わざわざこの修栄山本戒寺まで来て下されましたのは」

「べつに深い意味があっての事ではない。儂の話がことのほか面白いことと、般若湯が旨いこと、そしてこの景色が気に入っての事じゃろう」

「提道禅師様がはじめて家綱様にお目にかかられたのは、いつ頃でございまするか」

「家綱公が十三歳の時じゃ。本戒寺の寺領・石高を増やして下さる、というので江戸城をお訪ねしたのが最初でな」

「では、十四、五年のお付き合いがある訳ですね」

「と言うても、将軍家綱公が頻繁に東海道を旅なさる訳ではないからのう。ほとんどは盆と正月に儂の方から江戸の御城を訪ねておる」

「そうでしたか」

「儂は、そなたが何者か存じておる。兄夢双がどのような立場におるのかも存じておる。だが、それはそれじゃ。誰にも言うてはおらぬし、言うつもりもない」

老僧は自分で頷くと、湯呑みの酒をそっと啜《すす》って「旨い」と呟いた。

「わが恩師も提道禅師様も大剣客であられまするが、どなた様から御教えを受けられたのでしょうか」

「わが父、第十六代本戒寺貫主、大道《たいどう》禅師からじゃ」

「え、では御父上様には剣術の心得が……」

「父は澤信助三郎忠行《さわのぶすけさぶろうただゆき》という名の剣客でな。新陰流と念流の達人じゃった。どう言う経緯でかは知らぬが、食客として本戒寺の世話になったのがきっかけで、第十四代、十五代貫主様にえらく気に入られたらしくてな。僧の修行にも打ち込んだ。で、十五代貫主様が病没なされたあと、周囲の反対全くなくして、第十六代貫主の地位に就いたらしいのじゃ」

「御父上は武士であられましたか」

「どこかの大藩の世継ぎ争いに巻き込まれ、脱藩したようじゃな。おそらく厭世《えんせい》に陥って、本戒寺に心の救いを求めて辿《たど》り着いたのではないのかのう」

「そうでありましたか」

政宗は一気に、しかし静かに湯呑みを飲み干した。

提道禅師が大根の漬物を、パリパリと嚙み鳴らす。

政宗は茄子の漬物に箸《はし》を伸ばした。

「どうぞ……」と、早苗が炙《あぶ》った鱚《きす》の干物を小皿にのせて、提道禅師と政宗の間へ置いた。

「早苗も儂の横に座って、般若湯を一杯どうじゃ」

「いいえ。私《わたくし》は……」

「政宗が酒を嗜《たしな》む間は、警護の目を光らすというのか」

「警護などと、そのような……」

「白い綺麗な手をしておるが、内側の掌《てのひら》には木刀胝《だこ》が出来ておったな」

「こ、これは、お見苦しいところを……」

「皆伝級の腕前と見た。目配り、立ち居振舞、他人への背中の向け方、〝どうぞ〟

と言いつつ小皿を出す時の油断のなさ、どうやら相当な忍び業をも心得ておるようじゃのう」

「………」

「ははは。気にせずともよい。言うてみたまでじゃ。政宗ほどの腕になるとな、酔うてもおいそれとは負けぬ。警護の心配など無用じゃ」

「ですが、念のためということもございますから」

「念のためか……そうよの、政宗は体のどこかを傷めておるようじゃから」

老僧は、事も無げに言って、湯呑みを手にした。

「禅師様……」

と政宗は、老僧の注意を自分の方へ引いた。

「家綱様を二条城で襲いし刺客集団を、禅師様は何と見まするか」

「さあな。儂には判らぬ。儂は政治は嫌いじゃ。政治絡《がら》みも嫌いじゃ。それは家綱公自身が、恐らく見えてござろう」

「将軍ご自身がですか」

「政治は一見落ち着いているようには見えるが、巷《ちまた》には貧しい者達があふれ、地方の寒村では餓死する者さえ出ていると聞く。江戸や京、大坂は華やかだが、家綱公は地方へも、もっと目を向けねばならぬ。大名政治に任せておくだけでは駄目じゃ」

「大名政治は駄目、と断言なされますか」

「まったく駄目じゃ」

「家綱公とお会いなされる時、そのような話は交わされませぬので」

「この年寄りと家綱公との間でこれ迄に交わしてきた話は、楽しい話ばかりじゃ。剣の話、馬術の話、書画骨董《こっとう》の話、和歌の話などな……難しい話になることは家綱公の方が避けておられた」

「なるほど……将軍ともならば、四方へ気配りをせねばならず、かと申して政治を委託しておる諸大名を、自由気儘《きまま》に牛耳る訳にも参らず……側近には言えぬ苦しい心の内がございましょう」

「左様。将軍とは大変疲れる仕事じゃ」

「さきほど禅師様は、家綱公が二条城で刺客集団に襲われたと申されましたが、その御話、どうも気になりまする」

「儂から聞くまでは知らなかったのか」

「はい。存じませぬ」

「本当か？」

「本当でございまする。私《わたくし》は家綱公に近付ける立場ではありませぬし、そのような機会もございませぬ」

「そうか……知らなかったか……はて。ならばその刺客集団を叩き斬ったという凄腕の若侍というのは誰なのかのう」

老僧は庭先へ視線を向けると、一人笑って酒を啜った。

「のう政宗。先程も言うたように儂は政治の話などは好まぬ。だが政治が乱れて争い事が生じ、民百姓が困窮する事は、もっと好まぬ。いや、防がねばならぬ」

「仰せの通りかと」

「戦国の世は遠くに去って、現在《いま》は徳川の力によって表向き平和が訪れてはおるが、徳川を倒そうとする力は決して尽きてはおらぬと儂は見ておる。恐るべき力が地中で眠り続けてきた筈じゃ」

「恐るべき力、と申されますと……まさか豊臣の血を引く」

「そうかも知れぬ。あるいは違うかも知れぬ。儂には、そこまで見抜く力は備わっておらぬわ。だが、徳川を倒したいとする力は、確かにこの世に存在する」

「戦国の世が、再び訪れましょうか」

「さああ……」

老僧は、関心なさそうに呟いて、湯呑みの酒を飲み干した。

早苗が、酒と黒字で書かれた大きな白い貧乏徳利を両手で持ち、老僧の湯呑みへ般若湯を満たした。軽く一升は入りそうな大徳利だった。

「ところで禅師様は、怪盗日本右衛門の一味に剣術を教えておられるようで」

「おう、教えておるぞ。あれは見所のある男じゃ。教えた剣を殺戮《さつりく》に用いるような人物ではない」

「いかなる縁《えん》で右衛門に剣を教えることとなったのでございまするか」

「この大本山本戒寺の東四里ばかりの山懐《やまふところ》に末寺の一つがあるのじゃが、五年ほど前の大雨でな、山からの大土石流で末寺はもとより田畑や家が全て押し流されてしもうてのう。百姓達の間では自死する者も出たりで、大本山としては出来うる限り支援の手を差しのべたのじゃが、如何んせん、その年は何処《いずこ》も大雨にやられ人手を向かわせることが出来なんだ」

「その時、右衛門の一団が支援に向かった?」

「うむ。その通りじゃ。怪盗の一味が見事に村を救い、立て直しよった。しかも、謝礼を求める言葉一つ口にせずにな」

「そうでございましたか」

「その義侠心《ぎきょうしん》が気に入って、剣術を教えてやることになったのじゃ。もし剣術を殺戮に用いれば、儂が即刻、右衛門の首を斬り落とす、という条件付きでのう」

「ですが、右衛門は悪党に間違いございませぬ」

「なるほど悪党じゃ。しかし、あれは女、子供、老人に刃を向けるようなことはしておらぬ。あれの目の先には必ず権力というものがある」

「権力と雖《いえど》も、必ずしも悪質とは限りませぬが」

「悪質な権力か悪質でない権力か、あれは見分ける目を持っておる。大丈夫じゃ。それにしても、そなた達二人は、よくぞ怪盗村に泊めて貰えたものじゃのう」

「はあ……まあ……無心で村に迷い込んだからでございましょうか」

「ははは っ。無心で迷い込んだとは、うまい言い訳じゃ。ま、よい。これ以上は突っ込んで訊《き》くまい」

「恐れ入ります」

「さ、もっと飲めい政宗。儂はそなたが気に入った。一か月でも二か月でも、本戒寺に滞在してよいぞ」

「有難うございまする」

「眉間の傷は誰から受けた?」

「そ、それは……」

「言いたくないか。それもよかろう。上手く縫合できておるようじゃの。心配なかろう。さ、さ、飲むがよい」

「戴きます」

政宗は空にした湯吞みを、早苗に差し出した。

「ほどほどになされませぬと……」と、早苗が微笑みながら貧乏徳利を持ち上げる。

提道禅師が言った。

「早苗は誠に美しいのう。政宗の嫁に、いいではないか」

「およし下さいまし禅師様」と、早苗が少し慌てた。

「それとも、体はすでに嫁のようになってしまっておるのかな」

「と、とんでもございませぬ」

早苗が頰を染める。

「はっはっはっはっよいよい。儂は早苗が気に入った。政宗の嫁になるがよい」

早苗は体を小さくして畏《かしこ》まり、視線を膝の上に落とした。

三

提道禅師が「儂は今宵、庫裏で寝るでな」と、漢詩を朗朗たる声で放ちつつ道場を出ていったのは、寺の鐘が戌《いぬ》ノ刻を鳴らした頃であった。江戸だと、旗本屋敷が表門を閉ざす刻限だ。

政宗は禅師と酒を楽しんだ離れで休み、早苗は道場玄関の直ぐ手前右手の客間に床をのべた。

が、早苗は眠れなかった。政宗も提道禅師も相当な量の酒を楽しんだと判っているから、眠る訳にはいかなかった。

この旅で、政宗が傷ついたことは、彼女に大きな動揺を与えていた。

(京の母上様に対し、何とお詫び申し上げればよいのか)

そう考え、早苗は心を痛めた。

どこかで梟《ふくろう》が鳴いた。

(危険を冒してまで江戸へ行こうとしたのは、矢張り間違いであった。私《わたくし》がもっと強く反対すべきだった)

早苗は、寝床の上に正座をして、反省し続けた。

(私個人の問題で、血筋正しい政宗様を犠牲にする訳にはいかぬ)

胸の中で呟き悩む早苗であった。

まだ若武者姿のままの彼女は立ち上がって、腰に二刀を帯びると、剣術道場へ足を運んだ。

冷え切った道場に、櫺子窓を通して月の光が差し込んでいる。

早苗は道場の中央に立ち、白刃《しらは》を抜くと、苦悩を振り払うようにして素振りを始めた。

全力で百回。

小汗をかく程の力強い素振りを終えて、彼女は白刃を鞘《さや》に収めた。

そして、暗い天井を仰ぎ、深い溜息を吐く。

彼女は道場を出、玄関式台から庭先へ出た。

足音を忍ばせて、離れへ向かう。

離れの雨戸は、閉じられていた。閉じたのは無論、早苗である。

秋が完全に去った事を思わせる、冬の冷えであった。

(京も比叡の山から吹き下りてくる風が、冷え始めている頃であろうなあ)

早苗は吉田山の小屋敷、雪山旧居で冬を迎える準備をしているかも知れない政宗の母千秋の姿を思って、しょんぼりと肩を落とした。

本戒寺境内の森の奥に在る剣術道場は、塀《へい》には囲まれていない。鬱蒼《うっそう》たる針葉樹林に埋まっているので、塀など必要なかった。

ただ、離れの部分だけは北側と東側に、高さ六尺ばかりの竹編み塀があった。

建仁寺垣様《よう》の竹塀だ。

早苗は、政宗がよく眠っていると判断して、踵を返し玄関の方へ戻ろうとした。

（あ……）

彼女の胸の内で、小さな呟きが漏れた。

立ち止まらなかった。歩幅を狭《せば》め歩みを落としながら、彼女の注意は後方、竹編みの塀の向こうへ放たれていた。

（いる……誰か）

早苗は鍛え抜かれた自分の体に、微《かす》かにコツンと触れるそれを動物ではなく、人と捉えた。

母屋である剣術道場と離れとは、曲《ま》がり家のかたちで結ばれている。

その〝角〟まで来て、早苗は自然な歩みで月の光が届かぬ〝陰〟に入った。彼女を隠すのは鉤形《かぎがた》の短い渡り廊下。夜はその短い渡り廊下の両側は合わせて八枚の雨戸で閉じられている。

片側の雨戸四枚ゆえ確かに短い渡り廊下であった。

早苗は角を支えている太い柱の陰から、右片目だけをそっと出して竹編み塀を注視した。そこまでの距離は、ほんの十間《けん》ばかり。

（間違いない……一人いる）

しかも動かずに、じっと潜んでいる、と彼女は確信した。

妙な感じ、たとえば殺気などは伝わってこない。

だが早苗は、額に汗が滲み出してくるのを覚えた。掌《てのひら》も湿《しめ》り出している。

（この静かな気配。まさか……）

早苗は若武者を装っている〝かもめ仕立《したて》〟の肩衣《かたぎぬ》を、音立てぬよう脱いで足元に落とした。次いで〝鮫《さめ》模様〟の切袴《きりばかま》の帯を解く。

切袴いわゆる半袴《はんばかま》も彼女の足元で、肩衣の上に重なった。

身軽な着流しとなった早苗は、左手を大刀の鍔に触れて体を低く沈めた。そして、そのままの姿勢で、ゆっくりと玄関へ向かった。

〝その気配〟との距離が開くにしたがって、〝気配〟の濃さが薄まってゆく。

玄関式台の前まで来ると、早苗は低く沈めた姿勢を元に戻し、剣術道場へ入っていった。

気配は完全に消えていた。いや、摑めなくなっていた。

相手もこちらの気配を捉えているかも知れない。それを消すための早苗の動きであった。

だが、そのような小細工は恐らく通じまい、と早苗は思っている。

早苗は、剣術道場で呼吸を整え、額の汗を着物の袂《たもと》で拭うと、道場の勝手口――修行者の出入口――から出た。玄関の裏手側に当たる。

早苗は、はるかに大回りするかたちで、再度その気配への接近――後ろ方向から――を試みた。

月の光届かぬ暗い針葉樹林の中を、早苗が竹編み塀に向かって、足音を殺しジリジリと近付いてゆく。

と。

(動いた……)

と早苗は捉えた。

目標が猛烈な速さで、北に向かって移動を始めた。北は更なる山奥に続く。

早苗は追った。もう自分の気配を消す必要はなかった。全力で追った。しかし相手も、凄まじい速さであった。引き離されはしなかったが、追いつけなかった。

早苗には、もう相手が何者か判っていた。

恐ろしい相手であった。震えが来るような相手であった。

突如、森が切れた。

月明りの草原が、広がっていた。薄《すすき》の白い花尾が、ひと揺れもせずに一面彼方まで埋めている。

このような光景に、これまでの任務で幾度となく出交《でくわ》してきた早苗であった。いいことは一度もなかった。決まって血の雨が降った。

と、直ぐ目の前の薄《すすき》が割れて、全身黒ずくめが、すっと立ち上がった。月明りに晒《さら》しているのは二つの目だけ。

「私に追いつくようになったか早苗。腕を上げたな」

女の声だった。物静かな喋り様だった。

「なにゆえ本戒寺の剣術道場へ近付いたか」

早苗が問うた。左手は刀の鍔に触れていたが、口調は相手と同じように物静かであった。

「殺《や》るためよ。政宗とかいう青侍をな」

「なぜ政宗様が、お前ごときに殺られねばならぬ」

「柳生宗重様を傷つけたからには許すわけにはいかぬ」

「なに……宗重様の傷はひどいのか」

「心配なのか。いまだ宗重様を好いておるのか」

「………」

「宗重様は腹を傷つけられ、腸の腑が少しばかり覗いておった。重い傷ではないが、軽くもない」

「では、相打ちではないか」

「青侍も、重い傷ではないが軽くもない傷を受けたと言うか」

「眉間を割られ、私が十三針も縫うた程じゃ」

「なるほど相打ちじゃな。が、それでも殺る」

「そうはさせない」

「邪魔するならば早苗。そなたも斬らねばならぬ」

「ならば私も楓殿を斬る。本当は、政宗様よりも私を斬りたいというのが、本心ではないのか」

「柳生宗重様は、今でもそなたを好いておる。私は肉体《からだ》の相手でしかない。それが口惜しいと言えば口惜しい」

「正直じゃな。柳生忍び術を修行中、私の業《わざ》はどうしても楓殿には勝てなんだ。厳しい教練の期間が済み、私は幕府の機関に所属し、楓殿は柳生宗重様のお膝元に傍仕《そばづか》えとして残った。それだけでも幸せではないか」

「何が幸せなものか。私とて柳生宗重様の許嫁《いいなずけ》となりたかったわ」

「許嫁など、家と家が勝手に決めたること。私の感情とは無関係ぞ」

「では訊く。早苗は柳生宗重様に恋心を抱いたことは、一度としてないと言うか」

「そ、それは……」

「それみよ。私はそれが許せぬ。柳生宗重様は、心も体も私一人のものじゃ。私は宗重様に、心でも肉体《からだ》でも仕えてきた。私の肉体《からだ》は宗重様によって喜びと輝きを覚えたのじゃ。お前なんぞ……」

「本気で私を殺《や》ると言うか」

「殺る。早苗も青侍も」

「では、防がずばなるまいな楓殿」

「私に勝てると思うてか」

「思うてなどいない。楓殿の腕は、群を抜いておられた。教練を受けし男女の中でな」

早苗は、そう言いつつ抜刀した。楓も抜き放った。

「これで、ようやく早苗を斬れる。私は、そなたが憎かった。妬《ねた》んで妬《ねた》んで妬《ねた》み抜いていた。今宵《こよい》限りで、お前という女の、その美しさも、しとやかさも、聡明《そうめい》さも気に入らぬ。今宵限りで、お前は柳生宗重様の夢を見ることがなくなるわ。ふふふっ、これで一安心じゃ」

「心が狂うておるな楓殿」

「黙れっ」

二人は正眼で身構えた。共に右利《き》きの刀法であった。

が、早苗は相手の左手に用心した。楓は左手も右手に劣らず瞬時に使えた。

(恐ろしいのは、左手で一瞬の内に投げてくる十字手裏剣……)

早苗は、自分が殺られるとすれば、それだ、と思った。

無風状態の、薄《すすき》が原であった。降り注ぐ皓皓たる月の光を浴びてさえ、白い花尾はひと揺れもしない。

その真っ只中で二人の女は対峙した。

楓は柳生宗重の心と肉体を一人占めしたいがために。早苗は傷ついている政宗と自分を断固守らんがために。

長いこと二人は、微動だにしなかった。

それは二人の実力が、伯仲していることを物語っていた。違っているところは、楓が爛爛たる殺気を放ち、早苗は相手の全てを読み切ったかのように自己を〝静〟で包んでいることだった。

「容赦せんぞ早苗」

「参られよ……」

短い会話が交わされた直後、楓が胸近くまである薄《すすき》の中に沈んだ。同時に、薄《すすき》の波が一条、凄い速さで早苗に迫った。

早苗の体も沈む。

薄《すすき》の中で鋼《はがね》と鋼の打ち合う音が二度、三度と生じ、数十もの白い花尾が切り払われて月下に舞い上がった。

二人が薄の上を高高と跳ねて後ろへと退がるや、共に左手の方角に走った。

薄《すすき》が育たぬ小石だらけの荒地へ出て、二人は向き合った。

再び正眼の構えのまま、微動もしない二人の間を、そよと夜風が流れる。

か弱い、ひと流れであった。

と、早苗の左の頰から糸のような血が伝い出した。

それが首筋から肩口へと赤い糸を引いて落ちてゆく。

が、傷口は小さい。

「ふふふっ。お前のその小町娘のように綺麗な顔に、切り傷を付けてしまったのう。すまぬ事じゃ。詫《わ》びる」

言ったあと、楓はまた「ふふふっ」と含み笑いを漏《も》らした。

早苗は無言。相手の目を、じっと見つめるだけだった。

柳生忍びの教練の間、一度として勝てたことのない、たった一人の相手であった。早苗だけではなかった。剣を取っては皆伝級の忍び侍達――藤堂貴行や塚田孫三郎のような――さえ、楓の忍び業には及ばなかった。

「どうした早苗。来ぬか」

「………」

「私が怖いのか。来ぬならば、こちらから参るぞ」

「………」

「安心せい。お前がこの地で命果てし事は、我等の共通の恩師、柳生宗重様に伝えておいてやる」

「愚《おろ》かよのう」

「なんと……」

「愚かと言うておる」

「何が愚かじゃ」

「もし、楓殿が私を斬れば、柳生宗重様は激怒なされて、そなたの首を叩っ斬りなされよう」

「激怒？」

「そうじゃ。柳生宗重様は関宿で私の肉体《からだ》を慈《いつく》しまれし夜、楓という女にはウンザリしておる、と申された」

「お、お前。宗重様に抱かれたというか」

「おお、抱かれた。激しくな」

嘘であった。楓を惑乱させるための、嘘であった。

「お、おのれえ」

「宗重様は、そなたが大嫌いじゃと、私の耳元で囁かれた」

「き、貴様あっ」

楓が地を蹴った。早苗も飛んだ。剣と剣がぶつかり合った。

火花が散る。

離れてまた、打ち合った。早苗の剣が、楓の左小手を狙う、狙う、狙う。目にもとまらぬ連続だった。

いつ放たれるか知れぬ、楓の十字手裏剣を防ぐためである。

早苗が柳生宗重に激しく抱かれたと聞いて、楓は怒髪天を衝《つ》いていた。我を忘れてもいた。

そこを、早苗が鋭く突く。

左小手を狙った切っ先が、ふっと沈んで楓の膝を払った。

「あっ」と、楓がよろめいた。

左膝の皿《さら》を、浅く割られていた。

（落ち着かねば……）と、楓はようやく気付いた。左膝から這い上がってくる痛みが、気付かせた。

「楓殿の脚は綺麗で知られておる。それを傷つけてしもうたのう。すまぬ事じゃ。詫《わ》びる」

今度は早苗が笑って返した。

「うぬぬ……」

気持を落ち着かせようとしたにも拘《かか》わらず、楓は歯を嚙み鳴らした。

自分と柳生宗重との蜜月のためにも、この女だけは生かしてはおけぬと思った。とにかく憎かった。自分の頭の中に、この女のことは一片たりとも残しておきたくなかった。妬みの炎が、噴き上がっていた。憎しみで心の臓が、めくれ上がりそうだった。頭の中で、全裸の宗重と早苗が、のたうちまわっている。

「許さぬ」

絶叫して、楓は突進した。当たり前の修練者の突きではなかった。早苗が一度として教練の期間中、勝てなかった相手の突きであった。

早苗は、光が向かってきた、と感じた。そう感じた時はすでに遅かった。楓の切っ先三寸が、矢の如く左上腕部を貫いていた。

貫いた剣を、楓がほとんど刹那《せつな》的に抜く。傷口が広がった。

「あっ」と、のけぞりながらも、早苗の剣が楓の腹部を斜めに走った。

「己れがやられた時、相手は最も身近にいる。その瞬間を打つべし」

柳生宗重から教練で教えられてきた〝相打ち剣法〟である。つまり受身に追いつめられた瞬間の〝反射刀法〟だった。

「げっ」と、楓が前のめりになる。

しかし彼女も、宗重より反射刀法を教えられてきた手練だ。

前のめりになりながらも、早苗の右肩から左脇にかけてを斬り下ろしていた。

ガチンッと鋼の打ち合う音がして、これは早苗が辛うじて防いだ。

防がれたと知って、楓が後ろへ飛び離れた。

早苗が素早く追い縋《すが》る。距離をあければ、楓の十字手裏剣が矢継ぎ早に飛んでくる。それだけは防ぎ切れない、と思っている早苗だった。

楓が腹部から鮮血を噴き出しながら、またしても突く、突く、突く。

その速さは、微塵も衰えていない。たとえ血が噴き出そうとも、最後の一滴まで闘え、そう教えられてきた楓であり早苗であった。

連続的な三突きを弾き返した早苗が、左上腕部の余りの痛みに顔をしかめた瞬間、楓の四突き目が同じ左上腕部に打ち込まれた。

「ううう……」

さすがの早苗も、大きくよろめいた。

そこを逃すような楓ではなかった。渾身《こんしん》の力で、早苗の胸を横に払う。

「あっ」と全身を縮めながらも、死力を出し切った早苗の一撃が楓の左手首を斬り落とした。続いて顔を真っ向うから袈裟《けさ》斬《ぎ》り。

「ぐあっ」と、楓が横転し、早苗もよろめき後ずさって膝を折った。二人とも血まみれであった。楓の左手は、刀の柄に残っている。まるで棘皮《ひとで》のように。

「強く……強くなったなあ……早苗」

言い残して、楓は長長と仰向けになった。月下に、みるみる血の海が広がってゆく。

「よかった」

呟いて早苗は、体を海老《えび》のように曲げて倒れた。だが二つの目はまだ楓を見つめていた。相手の〝完全なる死〟を、見届けるためだった。

楓を傷ついた政宗に近付けることが、どれほど危険であるか知り尽くしている彼女である。

と、楓がムックリと上体を起こした。さすがに膝は伸びないから、再び仰向けに倒れた。

それを見て早苗が、剣を支えにして全身を激しく震わせながら、やはり上体を起こす。絶対に生かしてはおけない、相手だった。

「ぬぬぬ……」

早苗は下唇を噛み呻いて眦を吊り上げ、膝をガクガクさせつつ立ち上がった。

そうして今にも倒れんばかりに、楓に近寄っていく。

「共に……地獄ぞ……楓」

「おう。付き合うて……やるわ」

早苗は体の重みを乗せ仰向けの楓の胸に刀を突き立てた。楓の剣が上からかぶさってくる早苗の腹を貫く。

「満足……じゃ。美しい……お前を……倒せた。もう宗重様は……私一人のもの」

呟き終えて楓は、くわっと目を見開き息絶えていった。

早苗は、腹を貫いている相手の剣から逃がれるように後ろへ体を引き、剣が抜け切ると、そのまま後ろ向きの姿勢で五、六歩離れ、ドスンと朽ち木の如く仰向けに倒れた。

それを待っていたかのように、鮮血が月下の空《くう》に噴き広がった。

四

肌にしみ込んでくるような寒さに気付いて、政宗は目を覚ました。雨戸が閉まっているので縁側との間を仕切っている障子はまだ暗かったが、反対側の丸窓障子《し》は、いやに白く輝いて見えた。

政宗は布団から出て身繕いを整えると、押し入れに折り畳んだ布団を入れてから、丸窓障子を開けてみた。

「あ……」と、彼は眩しさの余り目を細めた。一面の雪であった。すでに降り止《や》んでいるその雪の面《つら》が朝陽《あさひ》を浴びて輝いている。

「雪が降ったか……」

と呟いて政宗は、比叡の山も降る頃かな、と心を京の都へ翔《と》ばした。

彼は縁側に出て、雨戸を開けた。

厚さ三、四寸の積もりはあろうかと思えた。庭にあった小石灯籠《いしどうろう》や石仏などは雪をかぶって姿形を消している。

小枝の先などは上手に雪をのせて、やわらかな半弧を描いている。

「はて……」

この時になって、政宗は早苗の動きが伝わってこないことに気付いた。朝陽が出ているというのに起きて動き出していない、というような早苗でないことはよく判っている政宗だった。

政宗は昨夜、提道禅師が早苗に与えた玄関式台の手前右手の客間へ足を運んだ。

「早苗、起きておるのか」

返事もなく人の気配もないので、政宗は静かに障子を開けてみた。

早苗の姿はなかった。掛け布団は、きちんと半折りの状態になっている。
政宗は座敷に入って、敷き布団に掌を当ててみた。冷《つめ》たい。人の体温が冷《さ》めた冷たさではなかった。寒気に長く晒《さら》された冷たさで
あった。
彼は座敷の内外をよう く見たが、争った跡のような異常な感じはどこにも残っ
ていない。
政宗の目は、次第に険しくなった。
彼は離れへ引き返し、二刀を腰に帯びると剣術道場を出た。
雪駄が雪の中へ沈み込み、たちまち足先が冷《ひ》え始める。
政宗は辺りを静かに見まわした。この山深くで三、四寸の積雪と言えば、驚く
程の積雪でもない。だが、動物や人の動いた跡などは完全に消し去っている。
(何があったのか……もしや柳生が再び?)
そう思った政宗は、早苗の気性から考えて、傷ついた自分を不眠不休で警護し
ていた可能性がある、と想像した。
(眠っている私に刺客が接近するとすれば……)

政宗は視線を左へ転じ、竹編み塀を捉えた。

（一人が潜んでいたか……それとも複数か）

政宗は全身黒ずくめの数人が、竹編み塀の外側に潜んでいる光景を想像した。

（もし潜んでいたとすれば……それに気付かなかった己れの未熟さを恥じねばならぬ）

禅師に勧められるまま般若湯をしたたか楽しんだ事などは理由にはならぬ、と自分に言い聞かせる政宗だった。

彼は竹編み塀に歩み寄った。

（この場に私を殺そうとする刺客が潜んでいたとすれば、警護していた早苗が気付かぬ筈はない）

政宗は塀を編んでいる竹の一本一本を見ていった。側面に付着している雪粉は僅かであった。

彼は竹編み塀を乗り越えようとした痕跡《こんせき》を、探した。

だが、土や泥、糸くず、藁《わら》くず、など刺客が身に付けていたであろう物の痕跡を見つけることは無理であった。

政宗は、竹編み塀が尽きた所で、白銀の針葉樹の森へ踏み込んだ。

「お……」

そこで、あるものを、ついに見つけた。

樹皮が一か所、掌《てのひら》ほどの大きさに剝《は》がれていた。政宗には、ひと目で刀によって剝がされたものと判った。それも、一刀のもとに、素早く剝ぎ取られた形状だった。

雪を踏んで少し進むと、二つ目そして三つ目があった。

(間違いない……早苗が私に知らせるために)

政宗は、そう確信した。

彼は足を速めた。樹皮の剝ぎ取りは次次に見つかった。

それが一定の方向――ほとんど一直線に……続いていると判断した政宗の足は、全力疾走に移っていた。奥鞍馬での苛酷な長い修練に耐えてきた政宗である。三、四寸の積雪など、全力疾走には何の苦にもならなかった。

やがて森が切れ、銀色の海原が目の前に広がった。

「これは……」

政宗は、思わず息を飲んでいた。嫌な予感に見舞われたのだ。

彼を出迎えたのは、無数の槍の穂先。

そう見えた、薄《すすき》の花尾であった。茎《くき》の部分は薄《すすき》そのままであったが、雪を浴びた花尾は白い輝きを放って凍《こお》り、さながら槍の穂先のようであった。

政宗は、その白い凶器を踏み折るようにして、銀色の海原に踏み込んだ。

どれ程か進んで、薄《すすき》が育っていない平坦な場所に出た。

政宗は、愕然となった。

雪をかむって白く盛り上がったもの——誰が見ても人体と判る——が二つ、彼の目の先にあった。

政宗はその一つに駆け寄った。

「なんてことを……なんてことをしてくれた」

政宗は唇を震わせた。幾人の刺客に取り囲まれてさえ動じぬ彼が、唇を激しく震わせた。

「手傷を負っている私を護らんとしたのか早苗……この私は不死身ぞ……不死身ぞ」

政宗は、その場にがっくりと膝を折り、雪の上に両手をついた。

「その私を……不死身の私を……どうして護ろうなどとしたのか」

政宗の口から、嗚咽《おえつ》が漏れ出した。

雪の下で息絶え凍てついている早苗の姿を想像して、政宗は動けなかった。

彼ほどの剣客が動けなかった。慟哭《どうこく》が繰り返し繰り返し襲った。

「おお、此処におられたか」

突然、背後で声がした。

政宗は涙を拭おうともせず、振り返った。

提道禅師が十間ばかり後方に立っていた。しかし、老師の視線は、すでに政宗から雪の下の骸《むくろ》二つに移っていた。

「これは一体……どうしたことじゃ」

「禅師様……」

「早苗にそなたの朝の膳を頼もうとしたが見当たらず……それがこの有様か」

老師は政宗の前の骸に駆け寄るや、両の手で雪を掘らんばかりに払いのけた。

安らかな表情の早苗が現われた。

「なんと愚かなことを……なんと愚かなことを。美しい命を何故に散らした」

老師は老いた顔に尚、深い皺《しわ》を刻んで、声を振り絞った。

涙が、あふれていた。わが娘とでも、いや、わが孫とでも思うての涙なのであろうか。

政宗は力なく立ち上がると、茫然《ぼうぜん》たる足取りでその辺りをふらつき、再び早苗の遺骸に近寄った。

大きな衝撃どころではなかった。

考えもしていなかった霹靂《へきれき》の事態であった。

声もなく立ち尽くし、政宗は遺骸を見つめた。傷だらけの、無残な遺骸だった。

「それにしても……早苗と対峙したのは……何処の何者というのじゃ」

老師がぶつぶつと口にして涙を拭い、もう一方の骸《むくろ》に歩み寄って両手で雪を払った。

「これはまた……女《おなご》じゃ」

老師の驚きの声で、政宗は早苗の骸から疲れ切ったような表情で離れた。

早苗を倒し、そして倒されたその骸は、早苗以上に無残な死に様《よう》であった。手首を切断され、顔を斜めに割られて黒い頭巾が大きく開いている。左胸乳房の下あたりから右脇腹にかけても裂かれ、臓の腑が少し飛び出していた。

「そなた。この女《おなご》を知っているのか」

「装束から見て恐らく柳生忍びに属するくノ一でございましょう」

「早苗を倒す程のくノ一を、柳生は抱えていると言うか」

「早苗から聞いたことがございます。柳生門下には恐るべき業を心得るくノ一が一人いると」

「ふむう……そのくノ一が、こ奴と言うのだな」

「はい。まず間違いなく」

「そなた。早苗の骸をともかく剣術道場へ運んでやりなされ。傷は拙僧が丁重に縫い合わせて進ぜよう」

「ご迷惑をお掛け致し、申し訳ありませぬ」

「このくノ一の骸の処置も、本戒寺に任せなされ。宜しいな」

「はい」

「死なば早苗もくノ一も同じ仏じゃ。襲い来し一方を疎《おろそ》かに扱うことは出来来ぬ」

「仰せの通りかと」

「本戒寺で何故このような事態となったのか、その理由《わけ》をそなたに問い質す気持はさらさらない。そなたが判っておれば、それでよい」

「この通り、お詫び致しまする」

政宗は深深と頭を下げた。二つの目からこぼれる涙が止まらなかった。

彼は早苗の骸を両手で抱き上げた。

「このように冷えてしもうて……全て私のせい、と言うしかない」

政宗は雪原を剣術道場へ向かった。

（私は何故、江戸へ向かわねばならなかったのじゃ。早苗に降りかかる火の粉を阻止せんがためとは言え、私は最も愚かな方法を選んでしまったやも知れぬ）

後悔が胸の内側で荒れ狂った。

母千秋にどのように告げればよいのか、藤堂貴行や塚田孫三郎、そして大坂屋弥吉らに如何に詫びればよいのか。言葉が見つからぬ政宗であった。

政宗は早苗の遺体《なきがら》を剣術道場に横たえた。

（早苗よ。このように早い別れが待ち構えていようとは……予想だにしていなか

った。許してくれ）

無残な骸《むくろ》のそばに正座をして、政宗は己れを責めた。

暫くして、老師がくノ一の骸を抱えて、戻ってきた。

第二十一章

一

早苗の供養《くよう》のために、政宗は修栄山本戒寺で十日を過ごした。
「では体に気を付けてな。早苗の墓《ほとけ》へは朝夕毎日、経を供えるゆえ安心するがよい」
「宜《よろ》しく御願い致しまする」
山門まで見送りに出てくれた提道禅師に頭を下げて、政宗は馬上の人となった。
此処《ここ》へ訪れた時は二頭の馬。
そして去る時は一頭の馬。
その酷過ぎる現実に、政宗の胸は絞り切られるようであった。
半町ばかり緩い坂道を下った辺りで、彼は振り向いてみた。
提道禅師は、まだ佇《たたず》んでいた。
政宗が馬上で腰を折ると、禅師は手にしていた杖《つえ》を軽く上げて見せた。
政宗は馬腹をやわらかく蹴《け》った。

馬が小駆けとなる。日射しがたっぷりと降り注ぐ明るい朝であるというのに、政宗の心は重かった。

怪盗村で得た薬草袋が、馬の背をまたぐかたちでぶら下がっている。

今朝も緩やかな坂道を上がってくる参詣人《さんけい》の姿は絶えない。老若男女、皆本戒寺より有難い徳を戴《いただ》いているのか、どの表情も明るかった。

重苦しい表情の政宗が、山門より次第に遠ざかってゆき、明るい表情の老若男女が次第に山門へ近付いてゆく。

「諸行無常じゃ」

力なく呟《つぶや》いて馬速を少し速める政宗であった。

彼は岡崎宿に入る手前の間道を右へ入った。提道禅師から教えて貰《もら》った次の宿への近道だった。林道《はやしみち》である。

しかし政宗は、次の池鯉鮒《ちりゅう》宿に泊まる積もりも、その次の鳴海《なるみ》宿に泊まる積もりもなかった。馬の疲れ具合を見つつ一気に尾張藩・宮《みや》宿へ入ろうと考えている。

武家の崇敬篤《あつ》い熱田《あつた》神社がある。

馬は元気であった。よく喰《くろ》うているとみえ、全身筋肉に富んでいる。博労達にしろ百姓達にしろ、自分達は食えなくとも馬・牛を腹一杯にさせることを忘れない。家族以上の存在だ。

だから日常の起居も、一つ屋根の下である。

「どうどう……」

暫く全力で疾走させ、岡崎宿から充分に離れた辺りで政宗は手綱を引き、馬の首筋を撫《な》でてやった。首筋からユラユラと湯気が立ち上っている。

「水が欲しかろう。よく走ってくれたなあ」

政宗は手綱を軽く右へ引き、そばを流れている小川の狭い河原へ馬を下ろした。

透き通った水が、流れていた。

「充分に飲むがよい」

政宗が馬から下りて手綱を放すと、馬が流れに近付いていく。

政宗は辺りを見まわした。

かなり冷え込んではいたが、風はほとんどなく、眩《まぶ》しいほど日が降り注いでいることから、のどかな景色に感じられた。小川の流れが吸い込まれてゆく林の遥か遠い上の方に、雪を乗せた修栄山がくっきりと望めた。

冷え込みが厳しいというのに、河原に小さな青い花が敷き詰められたように咲いている。

（そういえば早苗は、ことのほか小さな花が好きだった……）

そう思い出して、政宗は修栄山と青い小花を幾度となく見比べた。

もう会おうとしても会えぬ早苗であった。

その骸《むくろ》は、彼方の修栄山本戒寺の土の下に眠っている。

政宗にとって信じられぬ現実であった。永遠の距離を感じた。

充分に水を飲んで満足したのか、馬が政宗の傍に戻ってきた。

「よしよし。行くか」

彼は馬の首筋を強くさすってやってから、馬上の人となった。

馬は河原から斜めに駆け上がると、首をグイッと前方へ伸ばすようにして、全力疾走に入った。

（その調子だ。一刻も早く、修栄山から遠ざかってくれ）

声にならぬ政宗の絶叫だった。胸が鋭く疼《うず》いた。

もう一度本戒寺へ引き返して、早苗の墓を掘り返したい、という気持はあった。

しかし、懐に収めた彼女の遺髪が、それを許さぬだろうと思った。墓を掘り返して出てくるのは、あの美しい早苗ではない。地表に、いかに雪がかぶっているとはいえ、その豊かな肉体は火に炙《あぶ》った蠟《ろう》の如く熔融し始めている筈《はず》であった。

（人の命の何と果無《はかな》きことよ）

柳生宗重に倒されていたなら、自分も蠟の如く溶けてこの世にはいなかった、と思いつつ政宗は馬を走らせた。

馬は、よく走った。途中で二度休んだだけで、予定していたよりも早くに宮宿へ入った。岡崎宿からは八里と七丁ほど。

馬にとっては、たいした距離ではない。

政宗が馬を下りたのは、熱田神社の境内に在る社務所の手前であった。

彼はそばの桜の木に手綱を結び、社務所へ顔を出した。

老宮司が一人と、若い神官が二人いた。

「境内に馬を引き込んだ無作法、お許し下され。あの桜の木に暫く手綱を結びつけておきたいのだが」

「ご参拝ですな」と、老宮司が微笑む。

「ごゆるりと、お参りなされ。馬は見ていましょうから」

「はい」

「有難うございます。面倒をおかけ致します」

政宗は社務所の前を離れた。

熱田神社は、伊勢神宮に次ぐ由緒ある大社であって、熱田大神《あつたのおおかみ》を主神として、天照大神《あまてらすおおみかみ》、素盞嗚尊《すさのおのみこと》、日本武尊《やまとたけるのみこと》、宮簀媛命《みやすひめのみこと》、建稲種命《たけいなだねのみこと》を祀《まつ》っている。

政宗は広大な境内を奥へ向かった。はじめて訪れた熱田神社であったが、参拝を済ませたらしい侍達が向こうから次から次とやって来るので、その逆へ足を向ければよかった。

なかには見知らぬ政宗に対し、会釈をして通り過ぎる侍もいる。

さすが徳川御三家筆頭の地だけあってか、どの侍も表情、身繕いともキリリとして見えるような気がする政宗だった。

本殿が見えてきた。

身なり良い数名の武士達が政宗に背中を見せて、柏手《かしわで》を打っている。

政宗は本殿へと近付いていた。

本殿への祈願を済ませた武士達が、体の向きを変えた。

彼等の内の誰ともなく視線が合って、政宗は丁重に腰を折った。

相手も会釈を返した。

が、鋭い眼光であった。表情にも険しいものがあった。只者でないかのような侍達である。

(そうか……此処は尾張柳生の本拠地であったな)

そうと気付いて、政宗は彼等が距離を詰めてくる参道の端へ寄った。

先頭を歩いていた偉丈夫が、政宗の前で足を止めた。

「お主《ぬし》……」

「は……」と、政宗は畏《かしこ》まった。

「旅の者だな」

「左様でございます」

「手傷を受けておるようだが、剣を使うのか」

「まだまだ未熟者でございますれば……」

「何流だ」

「我流……とでも申しましょうか。ただ竹刀《しない》や木刀を振り回す程度の」

「我流にしては、目配り、僅《わず》かに腰高とした左右の手の位置、ごく自然に見える両脚のやわらかな開き方、が出来すぎておる」

「は、はあ……」

「都合がつくなら、尾張柳生の道場を訪ねて参られよ。手合わせを望みたい」

「と、とんでも……」と政宗は首を小さく横に振った。振りながら（さすが尾張柳生……）と思った。しかし、尾張柳生の道場を訪ねる積もりなどは毛頭なかった。早苗が亡くなったばかりである。二度と剣など手にしたくない、という思いが強かった。

彼は本殿に詣《もう》でた。無心に祈った。言葉を口に出しはしなかった。言葉を胸に思い描くこともしなかった。ひたすら無心に祈った。いや、祈ると言うよりは、謝罪に近い体の熱さであった。早苗への謝罪である。

「哀れ過ぎる……」

祈り終えてポツリと呟いたとき、両の目から涙がこぼれた。

彼は涙を指先で拭《ぬぐ》い、社務所へ引き返した。

「おかげ様で心が晴れ申した」

晴れてはいなかったが、政宗は若い神官にそう告げて、丁重に頭を下げた。

「旅の御方のようですな」

「はい」

「よい旅となりましょう。お気を付けて」

「有難うございます」

政宗は、社務所を離れた。

馬の手綱を引いて境内を出た政宗は、「さて、どうするか」と考えながら立ち止まり空を仰いだ。

置き忘れられたような、ひと握りほどの真っ白な雲が、青空の中をゆっくりと北へと流されてゆく。

熱田神社へ詣でたのは、早苗の死を思ってのことだった。べつに宮宿に宿をとる積もりはなかった。

雲の流れに従って、政宗も北へ足を向けた。

「さすがは尾張。人の往き来が多いのう」

侍、職人、商人、荷馬車などが、ひっきりなしであった。

京、大坂に及ばぬまでも、なかなか賑《にぎ》わいだった。

北の方角、そう遠くない所に、兵学でいうところの梯郭《ていかく》式城郭、名古屋城が聳《そび》え立っている。北高南低のいわゆる黒竜地水性の地に建設された見事な城だ。

この名古屋城を設計したのが、二条城造営に手腕を発揮した中井大和守正清《なかいやまとのかみまさきよ》であることを知らぬ政宗ではなかった。そして作事奉行が小堀遠州であることも。

名古屋城の起こりは、今より百数十年前の大永《だいえい》四年頃、駿河の今川氏親《いまがわうじちか》によった。荒削りな造りであった当時は、那古《なご》野《や》城あるいは柳之丸と称された天然の要害であった。

「城郭史」について、剣のみならず学問にも厳しかった夢双禅師より政宗は詳しく教えを受けている。

西国から見た江戸城への一大関門として、名古屋城の本格的な城郭建築に取りかかったのは、今は亡き神君徳川家康公だった。

造営開始は慶長十四年。

ほぼ完工したのは大坂冬の陣の直前、慶長十九年だった。

政宗は威風堂堂たる名古屋城に向け、暗い気分でゆっくりと近付いていった。日はまだ高い。市中を観て回る余裕は充分以上にあった。

此処から次の桑名宿までは、およそ七里。京へ一刻も早く近付きたい政宗は、桑名に宿をとる積もりだった。

桑名から京の都までは、二十九里半ほどである。

二台の荷馬車が、「そいや、そいや」と気合を入れながら、政宗の横を走り抜けた。荷を満載している。

お城へ何かを運ぶ途中なのであろうか。

農作物か、それとも鉄砲、刀、槍か。

尾張国《おわりのくに》の十分の六は尾張平野で占められており、高い農業生産能力を誇っていた。加えて日本のほぼ中央に位置しているため、江戸幕府にとって軍事的には重要だった。

西国に睨《にら》みをきかす最前線が京・大坂とすれば、尾張国はその後ろ盾となる第二の防禦関門と言える。

政宗が名古屋城に近付くに従って、民家や商家が立ち並ぶ光景に、武家屋敷が加わり出した。この名古屋城下は、城建設の過程で清洲《きよす》の町を移転させたことで発展してきた。その時点で一挙に人口数万の城下町が出現したということであり、そこから名古屋城下の発展が始まった。

少し先の辻の角に、小さくない茶屋を見つけて、政宗の暗い表情が少し緩んだ。

喉《のど》が乾いていた。

「茶を飲む間、また待っていてくれぬか」

政宗は馬に話しかけた。早苗を失った淋しさが、そうさせた。

茶店の前に馬杭が五本並んでいる。

うち一本に、栗毛がつながれていた。

政宗は、手前端の馬杭に手綱を巻きつけて、茶店に入った。

「おいでなさいまし」
十二、三の赤い前垂をした可愛い娘《こ》が、政宗に声をかけた。
平安の頃から用いられてきた赤前垂は宿場の女中達がよく用いるので、赤前垂という〝言葉そのもの〟が彼女達のことを表している。

政宗は店奥の床几《しょうぎ》に外へ背を向けるかたちで腰を下ろすと、茶と栗饅頭《あわまんじゅう》を頼んだ。

茶店は繁盛していた。

暫く待っていると、あの十二、三の娘《こ》が盆に茶と、粟饅頭の小皿をのせて、こちらへやって来ようとした。

その足が止まって、視線が茶店の外へ向けられているので、政宗は振り向いた。

間口《まぐち》三間《げん》ほどの茶店の出入口を、数人の侍達が塞《ふさ》いでいた。

熱田神社の境内で尾張柳生を自称した、あの侍達であった。

嫌な予感がしたので政宗は腰を上げ、茶店の娘へ自分から近付いて小粒を盆の上にのせた。

「あのう、こんなには……」

「いいのだ。すまぬが茶を飲めそうにない」

他の客のことを考えて小声で言い、政宗は静かに踵《きびす》を返し、侍達に近付いていった。

「此処でお遭いするのは、どうやら偶然ではなさそうですな」

政宗は、穏やかに小声で言った。早苗が亡くなった今、争い事は避けたかった。

「いや、偶然だ。丁度よい。今から尾張柳生の道場へ案内致そうではないか」

相手──熱田神社で話しかけてきた侍──も、穏やかな小声だった。

「いや、遠慮致そう」と言いながら、政宗は彼等の間を静かに割って、外へ出た。

そこで、政宗の表情が変わった。馬杭に手綱を巻き付けてあった馬が見当たらない。

「あ、馬なら一足先に、道場へ連れて行き申した。気を利かせた積もりなのだが」

「誰がいつ、気を利かせてほしいと頼んだのかな」

「まあ、そう言われるな。是非とも一手、お教え願いたいのじゃ。ささ、道場へご案内致そう」

侍達は歩き出した。身なりは正しかったから、通りを往き来する町の者達に威圧感を与える、という程の事もなかった。

肩を力ませて往来を塞ぐようにして歩く訳でもなく、縦一列となって歩いている。

政宗は仕方なく、彼等の殿《しんがり》──三十前後か──について歩くことを選んだ。

馬を取り返さねばならない。

（道場での立ち合いを、なんとか避けられないものか）

政宗は考えたが、妙案は浮かばなかった。

彼等は城を右手に見て、つまり西の方角へ足を向けていた。

やがて目立っていた侍屋敷が少なくなり出し、商家や町家が立ち並び始めた。

その商家や町家も次第に少なくなり、かわって農家や田畑が広がり出す。

それでも侍達は、足を休めなかった。

政宗は、空を仰いで溜息《ためいき》を吐いた。前を行く連中が、もはや尾張柳生の剣客たちでないことは明らかだった。

天下にその名を知られる尾張柳生の修練道場が、城下を離れた田畑の中に在る訳がない。

政宗は、一波瀾《はらん》あることを覚悟した。うっとうしい事であった。早苗を亡くしたばかりであるから、暗い感情の中にグッグッと煮えたぎるものがあった。それが自分でも〝見えている〟政宗だった。

侍達が百姓家の脇を抜けるようにして、竹林の中へ入ってゆく。

百姓家の前では幼子《おさなご》二人が、鶏を追い回して遊んでいる。

日焼けした母親らしい若い女が百姓家から出てきたので、政宗は足を止めた。

殿侍《しんがり》との間が、たちまち開いたが、侍達は立ち止まらない。

政宗は必ずついてくる、と確信を抱いているかのように。

百姓家から出て来た女は政宗に気付いて、首に巻き付けていた薄汚れた手拭《てぬぐ》いを慌て気味に取り、腰を折った。

政宗は頷き返して、訊《たず》ねた。

「尾張柳生の剣術道場は、どの辺りに在《あ》るか知らぬか」

「柳生様の道場は、お城の東側、お堀近くにございますけんど……」

「そうか。お城の東側か……この辺りは、西側に当たるのかな」

「へえ。西側です」

「あの竹林の向こうには、何がある」

政宗が視線を向けた竹林の出入口のあたりで、殿《しんがり》の侍が立ち止まって振り向いた。いぶかし気な表情だった。

「竹林の向こうには、無住の寺と墓地がございます」

「無住の寺……廃寺か」

「へえ。もう七、八年も前から」

「そうか。いや、有難う」

政宗はニコリとして、竹林へ向かった。殿《しんがり》の侍は、待っていた。

「何を話しておられたのじゃ」

「この辺りの畑では何がとれるのか、となし」

「ふうん……」

政宗の顔をジロリと嘗《な》めて、殿《しんがり》の侍は再び歩き出した。

深い竹林であった。

「随分と不便な所に、尾張柳生の道場はあるのじゃのう」

政宗は殿侍の背中に訊ねた。

相手は答えなかった。

「尾張柳生殿が、この尾張に於いて、そなた達の動きを知れば恐らく激怒なされよう。討手が出るやも知れぬなあ」

相手は、また答えずに、足を早めた。

「尾張柳生と江戸柳生がぶつかれば、どちらが強いのであろう」

この言葉は利いた。三十前後に見える殿侍が、歩みを止めて振り向き、政宗を睨みつけた。

「精次郎《せいじろう》、客人の言葉に、いちいち苛立《いらだ》つでない」

侍達の列のどの辺りかで、嗄《しわが》れた声がした。どうやら政宗の言ったことは、侍達皆に聞こえていたようだった。

ようやく竹林が切れた。

政宗はそこに荒廃した墓地を見た。枯れるにはまだ早い雑草が、びっしりと覆っている。どの樹木も勝手気ままに枝を伸ばし、それらの枝枝にはツルが巻きついて、その重さのために幽霊の手のようにダラリと地面に向かって垂れ下がっていた。

視線を右へ向けると、少し先に傾いた山門があって、崩れた土塀越しに崩壊しかかった本堂や庫裏らしい建造物が見える。

熱田神社で政宗を〝尾張柳生道場〟へ誘った人物が真顔で言った。

「途中で逃げ出さずに、よくぞ付いて来て下されたのう松平政宗殿」

「やはり私と知って近付いてきたか」

「お察しの通り我等は江戸柳生。訳あって政宗殿を生かして京へ帰す訳にはいかぬ」

「柩《ひつぎ》にでも詰めて京へ返したいと言うのか」

「左様。此処の廃寺は、かつて江戸柳生の忍び者《もの》の拠点の一つであったが、尾張徳川家にその存在を知られてしもうてな。今は無住の寺じゃ」

「ほう。江戸柳生の忍びは、諸国に拠点を持っていると聞くが、尾張柳生の膝元にまで拠点を隠しておかれたか」

「とにかく松平政宗なる人物は、此処で消えて貰わねばならぬ」

「なぜ私は、貴殿らに倒されねばならぬのじゃ。理由《わけ》を聞こう」

「掟《おきて》じゃ」

「掟?」

「江戸柳生の掟じゃ。松平政宗はその掟に触れた」

「どう触れたと言うのか」

政宗の口調は、暗く沈んでいた。

「我等が頭領《かしら》、柳生宗重様を傷つけ、しかも、宗重様の第一の右腕で副頭領格であられた段城《だんじょう》楓様を斬った」

「柳生宗重殿との対峙《たいじ》は、宗重殿から挑まれしもの。しかも、私とて深い手傷を負わされた。段城楓とやらは恐らく江戸柳生のくノ一であろうが、私が直接対峙した訳ではない」

「高柳早苗が倒したことは承知しておる。だが早苗が幕府を裏切り松平政宗の庇《ひ》護《ご》を受けておることは調べ済みじゃ。その方と早苗は我等から見て一心同体。我等の手によって討たれるは当然」

「なるほど。早苗とその一党に対する再三の刺客は、矢張り江戸柳生が糸を引いていたか。そうではないか、と疑《うたご》うてはいたが」

「ふん……」

「一つ訊《き》きたい。その方、頭領とか副頭領という言葉を口にしたが、それは如何《いか》なる組織を指しての頭領、副頭領であるのかな?」

「此処で死にゆく松平政宗が、そのような事を知る必要はない」

「左様か。ま、いずれは判ろう」

「覚悟はよいな」

「べつに覚悟などしておらぬ。そなた達を斬《き》り伏せ、私は急ぎ京へ戻らねばならぬ身じゃ」

「我等を斬り伏せられると思うてか」

「さあて……」

「参る」

江戸柳生の剣客達が一斉に抜刀し、ザッと地面を鳴らして半円の陣となった。

その数、六名。

政宗は空を仰いで、溜息を吐いた。辛そうであった。

「心の重い嫌な日じゃ」

「抜けい、政宗。臆《おく》するな」

「刀を捨てたい」

「我等が怖くなったと言うか」

「斬りとうない」

「な、なにいっ」

政宗は、ようやく抜刀した。柄は勿論《もちろん》両手で持ち、切っ先はダラリと下げてやや前に踏み出した右足の甲の上であった。刃の向きは右斜め前方。夢双禅師が修練期の最も終りの時期に伝授した「秋水《しゅうすい》の構え」である。刃の向きは右斜め前方だが、政宗の視線は、相手の半円陣の左端に注がれている。

これだけで、六名の柳生剣士達は釘付け状態となった。

実に美しい構えであった。政宗の全身に力みは全く無く、スラリと立った姿は、むしろ弱弱しい青竹の如し。

だが政宗も、柳生剣士の扇状の半円陣に、圧倒されていた。彼もまた表情にこそ出さなかったが、釘付け状態に陥っていた。

(さすが柳生……凄まじい威圧感)

そう思い知らされた政宗だった。しかも相手は六名、こちらは一人。

(こ奴等。練りに練った修練を積み重ねている)

さすが柳生宗重の配下である、と政宗は思い知らされた。

「戸振三無斉《とぶりさんむさい》、参る」

中央の偉丈夫が低い声で言った。熱田神社で政宗に最初に声を掛けてきた侍であった。目が大きく、鼻も堂堂として大きな鷲鼻《わしばな》だった。唇は幅があったが薄い。極端に薄い。

それだけに、圧倒的な面相だった。

戸振三無斉の爪先が、ジリッと地面を噛みながら前に出る。

と、政宗の両踵《かかと》が地面より僅かに浮き上がって、体がほんの少し前かがみとなり爪先立ちの姿勢となった。「秋水の構え」が攻めの体勢に入った瞬間である。

三無斉が尚も前に出る。

政宗は不動。

三無斉の爪先が怯《ひる》むことなく地面を噛み、前方へ滑る。

政宗の両目が、まるで眠るかのように細くなった。

三無斉の大きな目が、逆にギラリと光を放つ。

「せいやっ」

それが仕組まれたものなのか別の柳生剣士が、鋭い気合を放った。

政宗の視線が、その気合の方へ微かに揺れたのを見逃がさず、三無斉の足が地を蹴った。

政宗も翔《と》んだ。跳《と》ぶ、というよりは翔んだ。

二本の刃が、宙で二合を打ち合い、双者の足が地に戻ったところで再び一合を激しく叩き合った。バチンッ、ギンッと鋼と鋼の激突する音が、火花を散らす。

切っ先一間《けん》ほどの間をヒラリとあけて、二人は構えを変え其の場を動かなくなった。

政宗はやや高めの正眼。三無斉は大上段として、右前足を大胆に踏み出していた。しかも反動をつけるかのようにして、腰を上下に波打たせている。刻《とき》が過ぎていく。重苦しく過ぎていく。

「せいやっ」

またしても強烈な気合が政宗に向けられた。三無斉を除く、柳生五剣士の凄まじい気合であった。

しかし、今度は政宗の姿勢・五感に微塵の変化も与えない。

「死ねっ」

三無斉が波打たせていた腰を沈めた一瞬に、矢のような突きを見せた。政宗の下腹を狙ったそれこそ、いきなりの突きであった。

政宗に左右へ避ける余裕はなかった。辛うじて、飛び退がるしかなかった。そこを逃がさじと、三無斉が低い腰のまま手練の突きを二度、三度と繰り出す。

シュッと空気が唸《うな》った。

その〝突き剣〟の切っ先を、よろめき気味の政宗の剣が強く叩き下げたのは、なんと五突き目であった。

三無斉が、あざやかに後方へ飛び、政宗に二段打ちをさせない。

（強い……柳生宗重に勝るとも劣らぬ）

政宗は胸の内で呟き、舌を巻いた。六名が同時に斬り掛かってくれば殺《や》られるかも知れぬ、と背筋に冷めたい汗が吹き出す。

が、双者どちらの呼吸もまだ、乱れてはいなかった。とくに三無斉は激烈なる力みを全身に漲《みなぎ》らせているにも拘《かかわ》らず、呼吸を深く静かに引き締めている。

それが尋常の修練で身に付けられるものでないことは、政宗にはよく判っていた。奥鞍馬で、それこそ死の寸前まで夢双禅師に打ち鍛えられてきた政宗である。

一対多数の対峙も、荒法師達を相手に日常的であった。

その政宗が、目の前の三無斉に、ジワリと冷たい汗をかかされていた。

一対六。どちらも動かぬ静寂が、再び訪れる。

数で圧倒されることのない政宗が、次第に六名という数を〝意識〟し出した。

数そのものへの恐れではなく〝意識〟である。

それは矢張り、柳生の剣客達に圧倒されている証左であった。

（このままでは、いかぬ……）

早苗の死が相当にこたえている、と政宗は思った。無想になれなかった。無念に徹せられなかった。時に早苗の悲し気な顔が脳裏に漂った。

政宗はハッとなった。稲妻のようなものが音もなく目の前に迫っていた。

三無斉の袈裟斬りであった。迫りくる気配もなく、一気だった。

政宗は自ら仰向けに倒れた。倒れる他、防ぎようがなかった。

腹の上を、三無斉の切っ先が凄い勢いで、空《くう》を切る。

政宗の刃が、相手の踏み出した右脚を反射的に払った。

同時に政宗は反転して、立ち上がっていた。切っ先三寸に手ごたえがあった。

軽微な。

三無斉の顔が、歪《ゆが》んでいる。切袴《きりばかま》の膝が口を開けていた。

政宗の反射的な一撃が、相手の膝頭を打っていたのだ。
三無斉は退がった。用心深く退がった。右脚を引きずるようにして。
その彼を護るようにして、残る五人が地面をザッと鳴らし前に出た。
五人全て、正眼の構え。
政宗も「秋水の構え」に戻った。
「奴の心眼は乱れておる。無想にあらず無念にあらず。隙《すき》だらけじゃ」
五剣士の背後で、三無斉が怒鳴り声で言った。
「承知」
五人の内の一人、中央の年若い剣士が凛《りん》とした声で応えた。
（ふっ。しっかりと読まれておるわ）
政宗は、胸の内で開き直りの苦笑を漏らした。それは、死の覚悟でもあった。
（早苗よ待っておれ。いま、そなたの傍《そば》へ参る……）
心の底から、そう思う政宗であった。
五人の剣が、正眼の構えからゆっくりと変わり出した。五人五様の構えへと。
右八双、左八双、大上段雷刀、車《しゃ》の構え、下段無形構え。

政宗は、「秋水の構え」のまま。

彼の視線は、中央の若い剣士に注がれていた。絵に描いたような綺麗な車《しゃ》の構えであった。右脚を〝くの字曲げ〟で軽く前方へ出し、左脚は後方へやわらかく流して腰を沈めている。剣は左脚に沿うかたちの後方下段であった。

「美しい……実に見事」

政宗が呟いた時、〝凄惨《せいさん》の幕〟が切って落とされた。

五本の刃が同時に政宗に襲いかかる。

政宗が左側二人の真中へ割って入るかたちで、地を蹴った。

相手の刃が政宗の左右の肩へ、光と化して打ち下ろされる。

右肩へまさに届かんとした相手の刃を、左半身で避けざま政宗は深く沈んだ。

沈んだ頭上へ左肩を狙った相手の刃がザックリと打ち込まれる。

と、見えた瞬間、政宗の太刀は相手の両肘《ひじ》を下から掬《すく》い上げるようにして断ち斬っていた。

「ぐわっ」

相手が、もんどり打って倒れ激しく仲間にぶつかる。

体勢を大きく乱したその仲間の喉笛を、政宗の切っ先が真《ま》っ向《こ》うから貫いた。

貫かれた相手が、声も立てず、仰向けに地面に叩きつけられる。

ドスンと背を打つ音。

喉笛からの血飛沫《しぶき》が、死人花《まんじゅしゃげ》の如く中空《ちゅうくう》に噴き上がった。

名状し難い異音を放って。

政宗は、ゆるりと「秋水の構え」を立て直した。微塵の乱れもなかった。

が、右側頭部がこのとき口を開いた。鮮血がみるみる右首筋から右肩へと伝い落ちる。

ひどい出血であった。

（さすが柳生……強い）

右側頭部に激痛を覚えつつ、政宗は柳生の強さに感嘆した。

恐れというよりは感嘆であった。

（政宗様、どうかお逃げ下されませ）

早苗の声が聞こえてきた。耳の奥の方から聞こえてきた。依然として彼女の悲し気な顔が、脳裏に漂っている。

（逃げられはせぬ早苗。相手は柳生の粒揃い。手練ぞ）

（いけませぬ、何としても、お逃げなされませ）

（早苗よ。そなたの声、死しても尚、澄んで美しいのう）

政宗は、早苗との〝対話〟で、右側頭部の激痛が少し薄らいだように思った。

「斬れっ。政宗は一点集中が出来ておらぬ。今じゃ。叩っ斬れいっ」

三無斉の怒声が飛んで、政宗はハッと我れを取り戻した。

とたん、車の構えの若者が、疾風《はやて》となって突入してきた。

「ぬんっ、ぬんっ、ぬんっ、ぬんっ」

面、面、面、面、の壮烈な四段打ちであった。息もつかせぬ爆裂剣法であった。

政宗が鍔《つば》で受けた。受けながら上体はのけ反っていた。強烈な衝撃が鍔から両腕を伝い、肩を這い上がって側頭部を叩いた。

頭が割れそうな激痛に耐えながら、政宗が相手の四撃目を何とかねじり気味に弾き返す。返しながら足元が、よろめいた。

車の構えが、そのよろめきを見逃さない。

「いえっ、いえっ、いえっ」

短い気合が炎《ひ》を噴いていた。政宗の側頭部を、まるで立《た》ち杭《ぐい》に挑みかかるようにして攻める、攻める、攻める。速い。凄まじい速さであった。

右打ちから左打ちへ変わる時の速さが、尋常ではない。

その目にもとまらぬ速打ちに押され、政宗は肩をすぼめるようにして防禦しつつ、大きく退がった。一方的に打たれている。

ようやく相手が、ひと息ついた。

政宗の右顔面は、側頭部から噴き流れる鮮血で、朱《あけ》に染まった。

血みどろであった。

（頭蓋《ずがい》が割れたやも知れぬ……この激しい痛みは）

政宗はそう思い、天上の早苗との距離が縮まった、と感じた。

敗れる、という絶望感は不思議とない。

相手は尚も車の構え。

そして、あとの二人も車の構えとなった。

政宗は……「秋水の構え」から、ようやく離れた。右脚を引いて半身構えとなり、顔は三人の中央の刺客へ向けて、刀身を静かに上げていった。

その刀身が動きを止めたのは、彼の顔の前で刃を相手に向けて垂直となった時だった。かたちよい彼の鼻筋を隠すようにして刃を立てたこの構えこそ……実は無名の構えであった。

奥鞍馬に於ける修練の間に、彼が編み出した独自構えである。

いま京で人気の浮世絵師東山録伝《ひがしやまろくでん》に描かせた役者絵を思わす、凄惨にして華麗なる構えだった。

血みどろだけに、ぞっとする程の美しさ。

その構えをどう見たのか、柳生刺客達の激情が揺れ出した。

「どうした。行《ゆ》けいっ」

膝を割られた三無斉が叫んだ刹那、それを待っていたかのように政宗が三人の中央に向かって、跳躍した。低い跳躍だった。虎が獲物に襲い掛かる、まさにその図であった。

「いかぬ」

三無斉の怒声が微かに慌てた。三刺客の切っ先が乱れる。そこへ猛然と〝殴り込み〟をかけた政宗らしくない荒荒しい攻めだった。

左端の柳生が「あっ」と低い声を発した。一撃のもとに刀が叩き落とされ、この時にはもう左肘から先を断ち斬られていた。

「うおおおっ」

悲鳴をあげてよろめき退がるそ奴を待たず、政宗の胴、胴、面、面、小手の五段撃ちが、中央の若侍に集中した。

先程の光景とは完全に逆転。嵐のような政宗の反撃だった。割られている政宗の側頭部から、無数の血玉が飛び散る。

若侍が受けた。また受けた。手練の防禦であった。

政宗の五撃目の小手打ち。これを右へ強く払い上げた若侍の刃が政宗の頭上で反転するや、左片手《ひだりかたて》面打ちとなって見舞った。

いわゆる左剣《さけん》撃ち。伸び手が長い。

片手ながら烈火の早さであった。

政宗がのけ反って避ける。だが間《ま》に合わなかった。左剣の切っ先が彼の唇の端、僅かにはずれたところを斜めにザクリと割る。

同時に、「うっ」と呻いた政宗の右片手撃ちが、若侍の左手首に打ち下ろされていた。

骨を断ち切る鈍い音。

「うわっ」

若侍が殴りつけられたように地面に横転。

この時にはもう、血だるまの政宗は、残る一人に迫っていた。

柳生は逃げない。

真正面から政宗の攻めを受けた。

政宗の唸りを発する矢のような横面。それを刃を立てて弾き返した柳生が政宗の右小手から右肩へとあざやかに攻め返す。

二撃とも政宗が刀の峰で弾き返した。

ガチンッ、ギンッという鋼の音が双者全力の激突を物語る。

「側頭じゃ、頭を叩けっ」

膝から血を流している三無斉が怒鳴った。

これは逆に拙《まず》かった。闘う柳生の攻めの本能へ横から食い込んできた三無斉の怒声。

柳生が、僅かにたじろぐ。

そこを踏み込んだ政宗の太刀が、ヒヨッと鳴って斜めに斬り下げた。

断ち割られた肩の骨、肺の臓の骨が枯れ木が折れたような悲鳴をあげる。

「おおおおおっ」

天を仰いで、斬られた柳生がくわっと目を剝《む》き吼《ほ》えた。だが、倒れない。左肩から右胸の下にかけてを深深と割られていながら、倒れない。

政宗が大きくふた呼吸をして、太刀を鞘へ戻したのを待って、柳生の傷口から凄まじい勢いで噴き出した鮮血が、政宗に降りかかった。

「おのれ、おのれ」

地に尻を落としていた三無斉が、歯ぎしりしながら立とうとした。

「終り申した。すばらしい者達であられた」

その言葉を残して、血みどろのまま政宗は歩き出した。よろめいている。

政宗の後ろ姿を見送った三無斉が、伸ばしかけた無傷な方の膝をがっくりと折って再び尻を落とし、腰の脇差に手をかけた。

政宗が、苦悶《くもん》の呻《うめ》きを耳にして振り向くと、三無斉が脇差を腹に突き立てている。

「武士道とは……虚しきものなり……か」

悲し気に呟いて、政宗は脈打っている強い疼きに顔をしかめた。

頭上を、数羽のカラスが舞い出した。

二

政宗が目を覚ますと、直ぐそばに日焼けした若い女の横顔があった。荒れた両の手が、針仕事をしている。

竹林を城下の方へ抜け出た所の百姓家の女房ヨネだと、政宗には判っていた。

「あ、目え覚ましなすったかね」

気付いて、ヨネが愛想よく微笑んだ。

「すっかり迷惑をかけてしまったな。申し訳ない。この通り……」

政宗は布団の上に体を起こして正座をし、深く頭を下げた。

ヨネが白い歯を見せて笑いながら、少し慌て気味に頭《かぶり》を振る。

「布で頭をきっちりしばったから血は止まっとりますけど、痛みますかいねえ」

「うむ。少し疼いているが……」

「昨日《きのう》、馬の手綱を引いて血まみれでこのボロ家へ転がり込んできなさった時は、腰を抜かすほど驚きましたけんど、ま、血が止まって何よりですわね」

「亭主殿とそなたの素早い手当で助かった。なんと礼を申してよいか」

「血は止まっても、かなりの傷なもんで、ゆるりと休んでいったらええよ。何のもてなしも出来んけんど遠慮のうなあ」

優し気な尾張言葉が政宗の胸にしみ込んだ。

「いや、これ以上の迷惑はかけられぬよ」

「困った時はお互い様言いますもんねえ。でも頭の傷は今日にでも縫うて貰うた方がええよ。頬の傷は、ま、平気やろうけど」

「城下に、外科に優れた医者はおらぬかのう」

「ここは尾張大納言様の御城下じゃから、いい医者は何人もいなさるよ。亭主の吾助《ごすけ》が鎌で掌《てのひら》を裂いた時は、中村橋の青井元丹《あおいげんたん》先生に縫うて貰うたよ」

「綺麗に治ったかね」

「へえ。十二針も縫いよったけど綺麗になあ」

「では、其処へ行ってみようか。場所を教えて下され」

そこへヨネの亭主吾助が鍬《くわ》を手に、百姓仕事から戻ってきた。

政宗は吾助にも丁重に礼を述べ、黒塀に見越しの松の青井元丹の住居《すまい》を教えて貰うと、表の馬杭につながれている自分の馬で百姓家を出た。

布団の下に、手持ちの二両ばかりを、そっと差し入れてくることを忘れなかった。

馬はどこも傷つけられていなかった。

激闘あった竹林の向こうの、廃寺の桜の木につながれていた。

政宗は少し行ったところで、馬上で百姓家の方を振り返った。

吾助がまだ見送っている。

政宗が軽く手を上げて見せると、吾助は腰を折ってから声高く言った。

「何も出来んけんど、また戻っておいでなさいまし」

政宗は頷かず、笑みだけを残して馬腹を蹴った。

柳生の剣士達の遺骸《いがい》は、廃寺の人目につき難《にく》い雑草の中へ並べてある。いずれも刀を胸に抱《いだ》かせるようにして。

「柳生の目」というものが尋常でないことを承知している政宗は、遺骸はそれ程の日を置かずして柳生の手の者に見つけられよう、と思っている。

(刀を手にしての争い事は、もう嫌じゃ)

政宗は心底から、そう思った。早苗を亡くした事が、そう思わせていると自分でも判っていた。

馬の歩みが、頭の傷にこたえた。頭蓋が今にも割れそうであった。

城下に入ると、大きな呉服商と並んでいる両替屋が政宗の目にとまった。さすが尾張の両替商だけあって、二階建のどっしりとした重重しい店構えだった。二階の壁は表通りに面しては真っ白な漆喰《しっくい》で塗り籠《こ》められ、大屋根の軒の中央あたりに「尾張屋」の庵《いおり》看板が掛かっている。尾張の名を使っているところを見ると、藩へ出入りの両替商なのであろうか。その看板を挟むようにして、虫籠窓《むしこまど》が左右へ長く伸びていた。窓格子の向こうで、店の者の動きがチラチラと見える。

馬を下りた政宗は店玄関の柱に打ち付けられている環金具――牛馬金具――に

手綱を巻きつけると、「なかなか、どうして……」と呟きながら、改めて両替商の建物を眺め感心した。

二階大屋根の軒裏も一階の軒裏も、防火のためであろう漆喰で塗り固められている。一階庇《ひさし》の下には、店先を雨雪の〝斜め降り〟から護る目的で、幕板と呼ばれる霧除《きりよ》けが地面に向かって下がっていた。

玄関左側には頑丈な造りの出格子がある。これには俗に〝ばったり〟と呼ばれる「揚《あ》げ店《みせ》」が取り付けられている。上下に折り畳式の床几《しょうぎ》のことで、店が混雑の時、客が出格子を背にしてこれに座れる訳だ。上下に折り畳式だから、バッタリと下げ敷《し》けるので「ばったり」と呼ばれているのであろう。使わぬ時は上げておくので「揚げ店」とも言うに違いない。

政宗は、暫くの間、その〝ばったり〟に座って、通りを往き来する人人を眺めていた。

名古屋城は、真正面に見えている。

「一人だのう……」

政宗はポツリと漏らした。

早苗を失ったことの〝重さ〟が、ひしひしと肩にのしかかってくる。

彼女が笑顔を向けてくれること、彼女が隣に座っていてくれること、彼女が肩を並べて歩いてくれること、それらの一つ一つが如何《いか》に大事であったかを思い知らされている政宗であった。

(私は一体何をしようとしていたのか……武士道を貫けば何事であっても解決できるという己れの思い上がりが、早苗を死なせてしまったのではないのか)

政宗は溜息を吐いて、尾張城下の明るい空を仰いだ。

(早く京へお戻りなされませ政宗様)

また早苗の澄んだ声が聞こえてくる。

頭に白い布を巻きつけ、顔中傷だらけと言ってもいい政宗に、通りを往き来する者達が薄気味悪そうに、横目を流す。

「あのう、お武家様……」

両替屋から出て来た番頭風の中年の男が、腰をかがめ恐る恐る政宗に声をかけた。

「ん……私か?」

「はい。私共の店にご用がおありでございましょうか。揚げ店に余り長く身構えたように座られまするると、そのう……」

「あ、これはすまぬ。両替を頼もうと思って参ったのだが、店の中が賑わっているようなので、ちと休ませて貰っておった」

「もう大丈夫でございます。さ、どうぞ、中へお入り下さいませ」

「左様か」

政宗は頷いて腰を上げ、間口が六間以上もありそうな両替屋の軒を潜った。内部の造りも見るからに堅牢《けんろう》そうで立派だったので、政宗は感心した。帳場は店正面の三か所に設けられ、奥の間に近い左端の帳場が最も大きくて〝本帳場〟であると判った。その本帳場の直ぐ後ろに急な階段があって、店の者達が忙しそうに上がり下がりしている。

表通りから見える虫籠窓を持つ部屋、帳場の真上に当たるその部屋〝厨子《つし》〟へ通じる階段なのであろうか。厨子《つし》とは、たいていの場合、書庫とか物品庫とかを指す場合が多い。旅籠《はたご》などになると、これが薪や柴の保存庫となることもある。

「で、いか程の両替になりましょうか」

番頭風の男が出格子窓つまり揚げ店に近い右端の帳場に座って、政宗に笑顔を向けた。傷だらけの風体《ふうてい》になってしまった政宗だが、隠しようのないその品性に気付いて、番頭風の男は笑顔を見せたのだろう。

「うむ。これを頼む」

政宗は懐から取り出した手形を相手に手渡して付け加えた。

「見ての通りの体《てい》たらくなのでな。これから青井元丹先生に診《み》て貰おうと思うておる。治療代を支払えるよう、小粒を適当に混ぜてな」

「左様でございましたか。お怪我、お辛そうですが、喧嘩《けんか》でもなさいましたか」

番頭風の男の声が、小さくなった。

「酒の席で、下らぬ事で口論になってしもうてな。この有様だ」

「お大事になされませ」

差し出された両替の金を着物の袂《たもと》に入れて、政宗は店を出た。

彼は、この硬貨の重さが、好きになれなかった。とくに長旅の場合は、その重さと音は不快であり不便であった。盗賊や道中師など、安全面でも問題がある。

そこで、両替手形が登場する。京を発つ際、市中の両替屋で金貨もしくは銀貨を通し番号を付けた何枚かの手形に替えて貰い、これを旅先の両替屋で必要の都度、硬貨に替えて貰う。

両替の際、手形には加判が必要となる。道中師などは、加判が要《い》るので手形は余り狙わない。

政宗は、馬の手綱を引いて青井元丹の診療所へ足を向けた。黒塀に見越しの松が目印だから直ぐ判る筈だった。

途中、中村橋の位置を行商人に教えて貰って、政宗は足を早めた。

行商人が言った通り、油屋の角を左へ折れると、なるほど一町ばかり先の右手に黒塀に見越しの松の屋敷が見えた。

屋敷とは言っても、〝町屋敷〟程度の規模で、如何にも腕の良い医者の住居《すまい》にふさわしい印象だった。

政宗はその小屋敷へ足早に近付いていった。頭の傷が強く疼き出していた。

「京までは、まだ遠い。頑張ってくれよ」

政宗は手綱を引く馬の鼻面を軽く撫でてやった。

が、その直後、彼の足は、ふっと止まった。背に微かに触れるものがあったからだ。

政宗は振り向いた。

べつに不審な光景がある訳ではなかった。普通に往き来している人や荷車が目にとまるだけだった。明るく活気に満ちた町の光景だ。

尾張藩公の城下は、活力あることで知られていた。藩公の政治は閉鎖的ではなく、人人も情に厚くて暗く湿ったところがない。

不意に転がり込んできた傷ついた政宗を、よく面倒見たあの百姓夫婦の明るさ誠実さがそれを物語っている。

だが、この明るく活気に満ちた尾張藩の「気力」を、江戸幕府が余り気に入っていないことを、政宗は承知していた。

青井元丹の大きな表札が掛かった小屋敷の前まで来て、政宗は三本ある馬杭の一本に手綱をしばり付けた。

馬杭があるという事は、馬で訪れる武士の患者も少なくない、ということであろうか。

「ご免下さいまし」

小さな冠木《かぶき》門から出てきた職人風が、政宗に笑みを見せてすれ違った。

左手の甲から手首にかけてを白い布でしっかりと巻いている。仕事の最中にうっかり、刃物で傷つけてしまったのであろうか。

「大事にな」

「へい。恐れ入ります」
二、三歩行った所で半身で振り返った職人風は、ぺこりと頭を下げて政宗が来た方角とは逆の方へ去っていった。
と、政宗はまたしても、背中に触れる何かを感じた。

政宗は、ゆっくりと振り向いた。

いた！

しかし、政宗がそれを認めたのは、ほんの一瞬の事であった。

彼がそれに対し驚きと畏怖《いふ》を覚えるよりも先に、それは明るく活気に満ちた光景の中に溶けて見えなくなっていた。

第二十二章

一

京、寿命院庫裏《くり》の奥座敷。

火鉢《ひばち》にのせた薬罐《やかん》が白い湯気を立てているその座敷で、政宗は昏昏《こんこん》と眠っていた。高熱が続いているせいでか、顔は紅潮している。

枕元には、住職真開と外科の優れた医師として知られている順庵《じゅんあん》が黙然と座っていた。

すでに二人の長い沈黙が続いている。

「失礼します」

障子の外で若い女と判る声がして、順庵が「お入り」とようやく沈黙を破った。

静かに障子を開けて、順庵の助手と判る襷掛《たすきが》けの地味な着物を着た女が入ってきた。何やら書き認《したた》めた紙を三、四枚手にしている。

障子を閉じる時に背中を見せた彼女の襷掛けは、背の中央あたりで花結びになっていた。この襷掛けというのは今より千年以上も昔つまりヤマト政権の頃よりすでに存在している。

「どうじゃったユキ」と、順庵が助手の女に訊《たず》ねた。

「はい。政宗様の馬の背に掛けられておりました二つの袋の中の草葉や木屑《きくず》は、順庵先生が申されましたように、矢張り薬の類でございました。それも極めて薬効の高い」

「何種も混じって入っていたのじゃな」

「はい。ここに一つ一つを書き記して参りました。間違いなく薬効ごとに分けられたと思っております」

「うんうん、お前さんの薬草分類はもう一人前じゃと判っておる。どれ、見せて御覧」

言われてユキなる助手は、手にしていた三、四枚の紙を順庵に差し出した。

それを見て順庵が「ほほう……これは」と、驚いたように真開和尚と顔を見合わせた。

「いい薬草ですかな」と、真開和尚が訊ねる。

「いずれもかなり高価な薬草ばかりですよ。民間療法で用いられている怪し気なものではなく、幕府や御大名の薬園で栽培されている質の高いものばかりです」

「ほう……」

「とりわけこれは……」と言いながら、箇条書きになっている二枚目の真中あたりを指先で示しながら、順庵が姿勢を和尚の方へ傾けた。

「中国で最高の万能薬と伝えられているもので、抜け荷としてはわが国にもありますが、栽培はされていない筈《はず》です。地の質や気候の点で栽培は非常に難しいとかで」

「万能と言いますと？」

「熱、咳《せき》、痛み、膿傷《うみきず》、下痢などですかな」

「それはまた……凄《すご》いもんじゃ」

「ですが、ほとんど権力ある者達の薬でしてな。何《なん》の誰兵衛《たれべえ》とか申す豪商《ごうしょう》とても手には入らんでしょ」

「では、これを直ちに政宗様に」

「そうですな。ユキや、この薬草をな、ひと摑《つか》みを煎《せん》じ、ふた摑みを湯を少しずつ加えて擂《す》り潰《つぶ》しなさい。ドロドロになるまでな」

「判りました」

「どれ。小僧達にも手伝わせましょうかえ」

和尚が腰を上げ、ユキと共に部屋を出ていった。

後に一人残った順庵は小首を傾《かし》げた。

「一体あれ程の薬草を何処の誰から……」

呟《つぶや》いても、見当のつかぬ順庵であった。

彼は紅潮した顔で眠り続けている政宗を、じっと見つめた。

「これ程の傷、何者と対峙《たいじ》して受けたのか」

順庵は肺を大きく膨らませ、「ふうっ」と呻《うめ》きつつ息を吐いた。

「傷が治るまで、京へ戻って来たことは誰にも言わないで戴《いただ》きたい」

寿命院へ転がり込むなり、真開和尚に言葉強くそう告げた政宗であった。順庵も和尚から、そうと聞かされている。

寿命院へ転がり込んだ時、すでに高熱を発していた政宗だった。

三日前のことである。

真開和尚に乞われて診《み》に来た順庵は、性質《たち》の良くない風邪、と診断した。傷は外科的にきちんと処置されていて何の心配もない。

(これ程の武士が風邪ごときにやられるとは……何か心に重い負担があって気力を一気に緩めてしまったのではあるまいか)

順庵は、そう想像した。

明日塾の協力者である真開和尚も順庵も、政宗が早苗と共に江戸へ向かった事は承知している。ただ、何の目的でかは、詳しく打ち明けられていない。

また政宗に同行した筈の早苗がどうなったのか、もまだ聞かされていなかった。

「さな……え」

額に濡れ手拭《てぬぐ》いを当てられている政宗が、それが滑り落ちるほどに顔を二度左右に振って、言葉を漏らした。

順庵には、「早苗」と、はっきり聞き取れた。

彼は「うむ」と表情を曇らせ、手拭いを政宗の額に戻すと腕組をした。

(旅の途中で重大な何事かがあり、早苗殿の身にもしや……)

順庵は悪い方向へ想像をめぐらせた。

(政宗様が此処にこうして臥しておられることを、秘《ひ》しておいてよいものかどうか……）

と、順庵は迷った。順庵も真開和尚も政宗の血筋について詳しく知っている訳ではない。しかし堂上《とうしょう》公家の血を引く止《や》ん事無《ごとな》き御方《おかた》、という確信を抱きつつ今日《こんにち》まで何かと親しく付き合うてきた。

堂上《とうしょう》公家とは、内裏への昇殿を許されている官位三位以上の上級公卿を意味する。江戸の今より溯《さかのぼ》ること四百数十年前の安貞《あんてい》年間に、内裏《だいり》清涼殿――天皇の日常生活の場――が火災で焼失する迄は、〝清涼殿への昇殿を許された官位五位以上の公家〟が堂上公家とされていた。

しかし清涼殿は、安貞年間のその火災以降、今日《こんにち》の徳川の時代まで再建はされていない。

昇殿を許されている者も三位以上にほぼ限られている。

半刻ほどが経って、真開和尚とユキが座敷へ戻ってきた。

ユキが手にする盆に急須と湯呑み、それに大き目の茶碗がのっている。

薬草特有の強い匂《にお》いが座敷に漂った。

「おう。うまく煎じた匂いじゃな」

順庵が満足そうに表情を緩めて付け加えた。

「政宗様は間《ま》もなく目を覚まされる御様子じゃ」

「順庵殿くらいの医者ともなると、それが判るとは。いやはや凄いものじゃな」

「昏昏と眠っておられるようには見えても、心の中は何やら苦しみを抱えておられるようじゃ。眠りは深くありませぬよ和尚」

「ほう……」と、和尚の表情が少し硬くなる。

「ユキや。あとは私と和尚で診るので、残りの薬草を持参した薬草箱に区分けして、袋から移し入れておきなさい」

「承知いたしました」

ユキが座敷から出てゆくと、政宗が深く息を吸い込んで再び「さ……な……え」と漏らした。

和尚が順庵と顔を見合わせる。

「二度目ですよ」と順庵が言ったとき、政宗が薄目をあけた。

和尚が政宗の顔を覗《のぞ》き込むようにして「政宗様」と、そっと声を掛ける。

「高い熱が続きましたが、ご気分は如何《いか》がでございますかな」

「や、和尚……面目ありません。だいぶ頭が軽くなりました」

「とは申せ、顔はまだ紅潮してございます。充分に治療なされませ。誰にも言うな、と言われておりましたが、私の判断で順庵殿だけには来て戴《いただ》きましたぞ」

「ここに控えておりまする」

　濡れ手拭いを政宗の額に当てるため、頭の上側へ回っていた順庵が、政宗の顔の真上へ少し体を傾けた。

「これは順庵先生。ご心配をお掛けしてしまいました」

「傷からの熱ではなく、性質《たち》の余りよくない風邪でございますな。傷の外科的治療はどなた様がなされたのか、お見事なほど完全でございますから、大丈夫でしょう。治癒後の傷痕《きずあと》もたぶん残りますまい」

「そうですか。ひとまず安心しました」

「お目を覚まされましたので、ともかく先ず手当を致しましょう。体を起こせますかな」

「ええ」

　順庵は、上体を起こした政宗に薬草を煎じたものを飲ませ、次いで頭や頬の傷などに薬草を擂り潰したものを厚く塗布した。

「明朝には恐らく、随分と体も気分も軽くなっておりましょう。風邪はぐっすりと休むに限ります」

「はい」

ひと通りの手当が済んで政宗が横になるのを待って、真開和尚が穏やかに切り出した。

「政宗様。かつてない手傷を受けておいでじゃが、どなたと衝突なされたのです？」

「話さねばいけませぬか和尚」

「この真開も順庵先生も今や明日塾の同志。貧しい家庭の子供達を立派な大人に、という考えを共に抱く仲間ではありませぬか」

「そうでありましたね。留守の間、明日塾は変わりありませなんだか」

「ご安心なさるがよい。子供達は皆元気に学んでおります。あ、それと、テルに祇園歌舞伎の大御所から声がかかりましたぞ」

「なんと……」

「河原歌舞伎の武蔵坊弁慶でのテルの熱演。それをあの日最前列の席で観ていた歌川仙十郎《うたがわせんじゅうろう》が、これは大変な大物になると」

「天下の歌川仙十郎が、テルをそのように評して下されましたか」

「歌川仙十郎と言えば一日千両を稼ぐ、とまで言われている祇園歌舞伎の筆頭役者であり役者頭《がしら》でもあります。これからは男歌舞伎だけでなく、女歌舞伎にも本腰を入れたいそうじゃ」

「それでテルの両親は？……さぞ喜んだことでしょう」

「それがそうでもなくての。丁重に辞退、というか、保留にして貰《もら》っておるそうです」

「それはまた何故？　テルの将来にも関わってくる絶好の機会ではありませぬか」

「テルの両親はな、テルが十五、六歳になる迄は明日塾できちんと学問を身に付けさせたいそうじゃ。政宗様に対する大きな信頼が、そのような態度を取らせているのでござりましょう」

「学問は歌舞伎の修練を積みながらでも身に付きまする。大変だが、出来ぬことではない。歌川仙十郎という祇園歌舞伎の大役者との縁を、テルが失ってしまうことは余りにも惜しいと思います」

「ならば受けた手傷を早く治し、テルの両親に会うて、そのように言うてあげなされ」

「判りました。そのように致しましょう。歌川仙十郎にも会うて、テルのことを頼んでみたいのだが会うて下さるかのう。相手は天下一の大役者じゃ」

「歌川仙十郎は、ふん反《ぞ》り返った役者ではないと聞いておりますから、大丈夫、会えますすじゃろ。ともかく早く受けた傷を治しなされませ」

「そうだのう」

「で、先程の問いに戻りますが、何処の誰と衝突して、これ程の手傷を受けたのですかな」

「柳生宗重とその配下の者達」

「柳生？……剣の柳生ですかな」

「左様」

「柳生宗冬様なら将軍家兵法師範の地位にある大名として存じおりますが、柳生宗重様とは、どのような御人です？」

「よくは判らぬのです。ただ江戸柳生分家としての認可を幕府から受けてはおるようです。さる名門大名の血を受けておるとも聞いていますが、ご当人が幕府の要職に就いているのかどうかは判っておりません」

「そのよく判らぬ柳生宗重なる者とその配下が、政宗様に手傷を負わせたのですな」

「まあ、そういう事です」

「で、共に旅をなされた筈の早苗殿は、今、何処におられますのじゃ」

「………」

「政宗様、早苗殿は？」

「………」

「まさか……」

「早苗は……亡くなりました」

「え」と、真開和尚の呼吸《いき》が止まり、順庵が大きく目を見開いた。

「私を……体のあちらこちらを傷つけていたこの私を刺客から護ろうとして」

「刺客に殺されたと申されまするか」

「全ての責めは、この政宗にあります……生涯の不覚」

政宗は下唇を嚙《か》みしめ、目を潤ませた。

「あの美しい早苗殿が……なんという無残じゃ」

「お許し下され和尚……皆、この政宗が悪い。旅になど、出るべきではなかった」

「あ、いや。政宗様を責めている訳ではありませぬぞ」

「和尚、これを……」

政宗は胸元に手を入れ、懐紙に包まれた早苗の遺髪を取り出した。

「早苗の亡骸《なきがら》は……」

政宗は修栄山本戒寺に埋葬したことを詳しく告げ、この寿命院にも遺髪をもとに墓を建立してくれるよう頼んだ。

「それは構いませぬが早苗殿には古里《くに》に御先祖を祀《まつ》る菩提寺《ぼだいじ》があるのでは?」

「はい。江戸にあると聞いております」

「江戸とは遠いのう」

「いずれ機会を見つけて私がその菩提寺へ、早苗が亡くなったことの報告に参りますが、暫くは動けませぬ。江戸に向かって動けばまた、私の身の回りで騒ぎが生じましょうから」

「なんとまあ……侍とは、いつの世になっても面倒な事に囲まれているものですのう。政宗様が刺客に狙《ねら》われる理由《わけ》は、ま、訊《き》きは致しませぬが、誠に悲しいことじゃ」

「ご心配を、お掛け致します」

「早苗殿の墓のことは承知致しました。この真開に全て任せておきなされ」

「有難うございます」

そこで順庵が横から口を挟んだ。

「さ、政宗様。このへんで、お休みなされ。余り喋《しゃべ》ると、くっつきかけている傷口が開きまするぞ」

政宗はこっくりと頷《うなず》くと、右の目尻から流れ落ちた一筋の涙を、指先で拭った。

真開和尚と医師順庵に早苗の死を打ち明けたことで、己れの責任の大きさに一層苦しむ政宗であった。

（愚かであった。浅はかであった。己れの力の無さを、もっと早く気付くべきであった）

そう思うと、無念でならず、涙が尚《なお》のこと止まらなかった。

二

十二日後の朝、蓑《みの》を着た政宗は傷ついた自分を京まで運んでくれた馬の手綱を手に、寿命院の山門の下に立った。もう一方の手には、網代笠《あじろがさ》がある。

京は一面の雪であった。大きな綿雪が音もなく降り続いている。

「お世話になりましたな和尚」

「すっかり元気を取り戻されて、何よりじゃ。この年寄りも安心致しました」

見送りに出た真開和尚が、言葉静かに言った。

「そっと一度だけ覗かせて貰った明日塾も、非常に活気に満ち、この政宗言うことがありませぬ。見知らぬ幼子が二、三人増えていたようでしたが」

「男の子二人は夜鷹《よたか》の、あと女の子は武家の子でしてな」

「武家の？」

「武家と申しても五十石取りじゃ。務《つと》めにしくじりがあって主家に恥をかかせたとかで腹を切らされ、その後を細君も追って、女の子は孤児《みなしご》になってしもうた」

「それはまた哀れな」

「この山門の下で、雪降るなか震えながらシクシクと泣いておりました。見捨てはおけぬので、理由《わけ》を聞いた上で、寺として受け入れてやりましたのじゃ」

「寿命院と知った上で訪ねて来ましたのか？」

「いやいや、下らぬ騒ぎのあったその大名家は、名は申されませぬが、この寺とは目と鼻の先じゃ。山門の下で泣いていたのはあくまで偶然。いや、仏の導きかも知れませぬがのう」

「和尚の気付くのが遅れておれば、女の子は凍え死んでいたやも」

「誠に左様。世は無情じゃ。うんざりしますわい。政宗様の了承を得ずして、この年寄りの勝手な判断で幼い塾生を三人も増やしましたること、お許し下され」

「何を申されまする。許すも許さぬもありませぬ。教室が寿命院の本堂を使わせて戴くこととなって倍以上にも広くなり、感謝しております」

「早く子供達の前に姿を見せて教えを始めてやりなされ。皆、政宗先生はどこへ行った、と毎日うるそうてな」

「はい。心と体をきちんと整え、できる限り早くに、そう致します」

「うん、うん」

「それでは和尚」

「早苗殿の霊は任せておきなされ。心配なされますな」

「そう聞いただけで、心がやわらかくなります」

政宗は真開和尚に向かって深深と頭を下げると、網代笠をかむり手綱を引いて、幅広く緩やかな造りの石の階段五段を下りた。

「和尚もお風邪など召されませぬよう」

政宗は、そう言い残すと身軽に馬上の人となって、軽く馬腹を打った。

馬が小駆けとなる。

真開和尚は、その人馬が雪降る向こうに見えなくなるまで、身じろぎもせずに見送った。なぜか悲し気な表情であった。

「相当な激闘があったのだろう。体中傷だらけじゃ」

医師順庵に、そっと囁《ささや》き告げられたその言葉を、思い出したりしたのであろうか。

政宗は雪の通りにほとんど人の通りが無いと判ると、「それっ」と馬を早駆けにした。

足跡ひとつ無い雪の上に、馬の足跡が点点と続いてゆく。

雪は斜め降りにかなり強くなっていた。が、風はない。

雪の降り様《よう》を見ると、かなりの風が吹いているように見えるのだが、吹いていない。

馬の背も、政宗の頭も肩も、たちまち真っ白となった。

その政宗が、三条通の直前まで来て、手綱を強く引いた。

不意に、右手辻の角から、旅姿の男三人が現われたのだった。

馬は手綱をいきなり強く引かれたことで驚き、前脚を高高と上げて甲高くいないた。

三条通を左へ真っ直ぐに行けば、東海道五十三次の上《あが》り――終着点――三条大橋がある。

「すまぬ。大事《だいじ》ないか」

政宗は馬が前脚を下ろしてから、旅姿の男三人に謝った。

三人の内の一人、体格のがっしりとした大柄な男が、かむっていた三度笠の端を、左手で少し上にあげ、「へい。大丈夫でござんす」と、政宗と顔を見合わせる。

「おう、これは……」と政宗。

「政宗様ではございませぬか」

「目明しの得次と、その配下の者達ではないか。この雪の中を如何が致した。事件か」

政宗は馬上から下りて、実に久し振りに〝鉤縄《かぎなわ》の得〟こと腕っこきの得次と向き合った。

「政宗様こそ、この雪の中を突然現われなされて……おい、お前達《めえ》、先へ行ってな」

言葉を途中で切って、配下の二人に、三条大橋の方へ顎《あご》の先を小さく振って見せる得次であった。

二人が政宗に対し丁重に腰を折って、足早に離れていく。

「常森源治郎様から、政宗様が少し長《なが》くなる旅に出られたと聞いておりましたが、いつお戻りなされましたので」

「あ、いや、戻ってまだ日が浅いのだが、それよりも得次、見たところ、その方こそ旅姿ではないか」

「へい。京の都には色色と情《なさけ》を頂戴《ちょうだい》し、よい仕事をさせて戴きやしたが、このたび常森様、いや、御奉行様から江戸へ戻るようにと直直の沙汰《さた》を頂戴致しやして」

「なに、江戸へ帰ると言うのか」

「あ、い、あちらは近頃、毛深の銀三《ぎんぞう》、猫目の与五郎《よごろう》、須又《すまた》の悪太郎《あくたろう》とか言った凶賊一味が暴れ回っているそうで、被害が深刻だとの報《しら》せが入って参りやした。女手一つで幼子を育てておりやす女房《かかあ》のことも気になりやすし、迷った末、御奉行様のご配慮に従わせて戴くことになりやした」

「そうかあ。江戸へ帰るかあ。淋しくなるのう」

「御世辞で申し上げる訳ではござんせんが、京の都の麗しさ、京の人人の情の深さがすっかり好きになってしまいやして、内心は女房《かかあ》を呼び寄せようとまで考えていたんでござんすが」

「江戸では名を売った名目明しの得次だ。その方が江戸へ帰れば悪党共は震え上がるだろう。務《つと》めのため、女房殿のためとなると、京を離れるのも仕方がないのう。が、それにしても淋しい」

「そう仰《おっしゃ》らねえで下さいやし政宗様。こちらまで物悲しくなってしまいやす」

〝鉤縄の得〟がグスンと鼻を鳴らした。

雪がますます激しく降る。

「お、これは済まぬ。旅発つ者に気弱な言葉を吐いてしもうた。許しておくれ」

政宗はそう言うと、着物の袂《たもと》に裸のまま無造作に入れてあった七、八枚の一両小判を取り出した。

「これでな、女房殿や幼子に何か手土産でも買ってやりなさい」

「め、滅相も。そのような大金、頂戴できやせん。それに江戸までの路銀は、御奉行様から充分に戴いておりやす」

「ま、そう言うな。受け取ってくれると、この政宗が喜ぶのじゃ」

「江戸へ戻ってもな、この政宗のことを時時は思い出してくれ」

「政宗様……思い出すなどと……勿体《もったい》ない」

小判を半ば無理矢理摑《つか》まされた得次は、とうとう男泣きに泣き出した。

「それでは元気でな……さらばじゃ」

政宗は得次の肩のあたりを蓑《みの》の上から軽く叩くと馬上の人となった。

得次が、少し慌て気味に、馬の差縄《さしなわ》を摑んだ。

「政宗様も、どうかお体お大切になされませ」

「そなたもな」

「それから、早い内に常森源治郎様に会って戴きとう存じます」

「むろん会う積もりでいるが、源さんが、どうか致したのか」

「御奉行様から江戸へ戻るよう告げられました時、その御言葉の端端から、常森様もそう遠くない内に江戸へ戻されるな、と気付きやした」

「源さんも江戸へ……」

「へい。三か月後《のち》か、半年後《のち》か、それとも一年後《のち》か、あっしには見当つきやせんが」

「そうか、源さんも江戸へなあ。判った、早い内に必ず会う」

「それでは、これで」

「京の都を忘れてくれるなよ」

「決して……」

うんと頷き返して、政宗は馬腹を蹴《け》った。

得次は、次第に雪の彼方へ消えてゆく人馬を、暫《しば》し茫然《ぼうぜん》の態で見送った。

(それにしても、一体誰と刃を交わされたと言うんじゃ。まるで満身創痍《そうい》ではないか)

得次は、ほとんど治りかけている政宗の傷に気付いていた。

さすが日夜、死線をかい潜っている得次であった。

政宗の馬は、先に三条大橋へ向かっていた得次の手下二人に、たちまち追い付き追い越した。

「元気でな」

政宗の言葉が、尾を引いて二人の下っ引きの耳に残った。

馬は老舗の菓子舗「春栄堂」の前を走り抜け、東海道五十三次の終着点、三条大橋を渡り、直ぐに右へ折れて鴨川の土堤沿いを南へ下った。

鴨川へ清流を注ぎ込む白川を越えて少し行くと、道は東西に走る四条通と交わっている。

政宗は、その四条通の直前で手綱を絞り、馬の首筋を撫《な》でるようにして叩いた。

馬が力んだ足を並足に鎮めて白い息を吐いた。

「お前は実に私の言うことをよく聞いてくれるのう。少しずんぐりと致しておるが、いい馬じゃ。可愛《かわゆ》いのう」

馬はゆっくりと歩んで、低くいなないた。

激しい降りであった。前が真っ白にしか見えなかったが、政宗は迷うことなく「胡蝶」の前で馬を止めた。

「ん?」

政宗は馬上から、怪訝《けげん》な表情となって下りた。

胡蝶は表を固く閉ざし、静まり返っていた。サワサワサワサワと雪の降り積もる音しか耳に入ってこない。

「この雪ではどうせ客は来ない」と判断して休むつもりか、と政宗は思ったが、そうではなかった。

閉ざした表戸に、何やら貼り紙がしてある。

政宗は手綱を引いて、表戸に近付いていき、貼り紙に書かれている達筆な文字を読んだ。

「都合により暫く休みます」とある。

政宗は首をひねって後ずさり、二階を見上げた。

二階の窓も、雨戸をしっかりと閉ざしている。

政宗はもう一度、貼り紙に近付いて、じっと見つめた。

そして、「はて……」と、呟きを漏らした。

「都合により暫く休みます」という客に告げる文章が、極めて雑である、と気付いたのだ。

町衆のみならず大勢の上客が付きつつある胡蝶らしくない。

(まるで走り書きだな……)という印象を受けた政宗だった。

表戸の左手の窓格子に手綱を巻き付けた政宗は右横手の路地——と言っても降

り積った雪の下には綺麗《きれい》に切石が敷き詰められているが——へ入っていった。

早苗の離れがある庭内裏側への入り方は心得ている。塀とほとんど見分けがつかぬほど上手《うま》く作られた裏木戸の前に立ち、それの二、三か所をカチッカチッと鳴らして押すと、木戸は音もなく内側へ開いた。

庭内も一面、雪に覆われていた。

離れも、店の間《ま》がある母屋も、雨戸を閉ざしている。

政宗は木戸を締めて元の通り、からくり錠を嵌《は》め込むと、離れに近付いていった。この離れの主人《あるじ》はもうこの世にはいないのだ、と思うと胸が痛んだ。

雨戸の手前で、政宗は耳を研ぎ澄ました。

雨戸の向こうに〝気配〟は存在しなかった。鍛え抜かれた彼の〝肌〟に跳ね返ってくるのは〝無〟であった。

何もない。

彼は脇差を敷居の隙間《すきま》に差し込んで、先ず雨戸の一枚を外して広縁に上がった。続いて、もう一枚。そして更にもう一枚。

雪の白い光に染まる離れの内部は、外よりも冷え切っていた。まるで氷庫《ひょうこ》だった。

彼は静かに座敷障子を開けた。

「お戻りなされませ」

早苗の声が聞こえたような気がした。

全てが、政宗の知っている旅発つ前のままだった。大きな文机《ふづくえ》の右側には硯《すずり》と竹装の筆置き、左側机上には腕のよい職人に作らせた手元行灯《てもとあんどん》と何も書かれていない白紙綴《つづ》り。

床の間には、花さく梅に鶯《うぐいす》を描いた掛軸。左下端に宗矩《むねのり》とあって落款《らっかん》が押してある。

この掛軸だけは、政宗がはじめて目にするものであった。おそらく旅発つ直前に、それまでの掛軸と掛け替えたのであろう。何か理由《わけ》があったのか。

おそらく宗矩とは、今は亡き大剣客で江戸柳生の祖と言われる柳生但馬守《たじまのかみ》宗矩のことなのであろう。

もしそうであるとすれば、その掛軸を持っていた早苗の、難しくも複雑な立場を改めて嚙みしめねばならぬ政宗であった。

が、その本人早苗は、もうこの世にはいない。確かめようにも確かめられぬ、虚無の彼方へと消え去ってしまっている。

三代将軍家の兵法教授であり総目付でもあった柳生宗矩のことを「将軍家に対する絶大な権力者」とまで評する幕僚が、今もって少なくないことを政宗は承知している。

恩師夢双禅師からも、そう教えられてきた。

掛軸を暫くの間見つめていた政宗は、小さな溜息を一つ吐いて座敷から広縁に出た。

彼は、右へ左へと曲がる広縁の雨戸をところどころ開けながら、店の方へと足を向けた。

矢張り誰一人としていなかった。

政宗は雪明りを暗い店の間《ま》にとり入れるため、櫺子窓《れんじまど》を開けてみた。

この店の櫺子窓は、固定格子と作動格子が、縦に互い違いに立ち並んでいる。

政宗が作動格子を右へ引いたことで桟に積もっていた雪が、パサパサと音立てて店の間へ落下し砕けた。

彼は冷え切っている店内を見まわした。

綺麗に片付いていた。食器棚には食器や湯呑みが、整然と並んでいる。その並べ方は、持っている役目を終え切ったかのような、冷ややかさだった。

政宗は調理場へ入ってゆき、三つある竈《かまど》の灰をそばにあった火箸《ひばし》で、静かに掻《か》き回してみた。

夕方からの開店に備えておかねばならぬ火種は、どの竈の灰の中にも備わっていたのだが、今はそれもなかった。

政宗は、客席からは見えぬようになっている調理場の隣の、仕込み場へ入っていった。

ガラーンとしていた。野菜棚にも魚介棚にも、何一つ並んでいない。それらの屑《くず》片さえ目にとまらなかった。ここもまた綺麗に拭《ふ》き清められていて、魚介の匂いも消えていた。

「二、三日は、経っているな」と、政宗は呟いた。悲し気な表情だった。

彼は店の間《ま》から戻るかたちで藤堂貴行の部屋へ行ってみた。

その座敷の片付けようを見て、政宗は、藤堂貴行ほかが胡蝶を捨て去ったことを確信した。歯ぎしりをしたくなる、確信だった。

「不動の結束ではなかったのか……」

政宗は肩を落とした。自分が「あれこそ武士道」と好ましく眺めてきた、早苗に対する藤堂貴行や塚田孫三郎らの忠誠心は一体何であったのか、と思った。無念であった。

「やはり京を離れたことが……悪かった」と、政宗は己れを責めた。

「武士道とは演じるべきものなり……か」

呻くような呟きを力なく残して、政宗は離れに引き返し、湿った雪駄に足を通して庭に下りた。

裏木戸の前まで来たとき、政宗は背後に〝気配〟を感じて振り返った。

なんと。

雪の中に脚四本をほとんど沈めて、桃がいた。凛《りん》としたまなざしで、真っ直ぐにこちらを見ている。

「桃っ」

桃がひと声吼《ほ》えるよりも先に、政宗は走り出していた。

「お前は……お前は此処に残っていたのか」

政宗は、しっかりと桃を抱きしめてやった。掌《てのひら》にはっきりとアバラが触れるほど、桃は痩《や》せていた。それは、食べ物をろくに食べられぬようになってから、明らかに二日や三日ではないように思われた。

「すまぬ。本当にすまぬ」

激しく尾を振り顔をなめる桃を、胸の中に包み込むようにして政宗は抱き込んだ。

「もう心配ないぞ。好きなものを食べさせてやるぞ」

あふれ出る涙を、政宗は抑《おさ》えられなかった。桃が武士道を見事に守り切った、と思った。

三

政宗が粟田口に小屋敷を構える名刀匠、陣座介吾郎邸の門前で下馬する頃、雪はすっかり止《や》んで朝の日が降り注ぎ、目をあけておれない程の眩《まぶ》しさだった。門前の雪は綺麗に掃き除かれている。

「ほんに軽うなってしまったのう」

鞍《くら》の前で大人しく四つん這《ば》いで向こう向きにしがみ付いていた桃を、政宗は下ろしてやった。

陣座邸の門扉は開いていて、母屋の裏手あたりから槌音《つちおと》が聞こえてくる。

政宗は手綱を引き桃を従えて門を潜り、雪が掃き除かれた四半敷《しはんじき》を踏んで、玄関式台の前に立った。

「ご免下され」

声をかけると直ぐに奥で、返事があった。

足音が廊下を伝わってくる。その滑らかで体重のかかっていない軽い足音で、政宗には陣座介吾郎だと判った。

「おや。これは若、いや、政宗様ではございませぬか」

やはり介吾郎であった。

「さ、さ、お入りなされませ。幸い雪や止《や》みましたが此処は寒うございます。馬の手綱は若い者に預からせましょう」

「あ、いや、用があって直ぐに引き返さねばなりませぬ。陣座殿に頼みがあります」

「とは申せ、玄関先に政宗様を立たせたままでは……」

「構いませぬ。此処で聞いて下され」

「は、はあ」

困惑気味に応じる白髪の小柄な老人陣座介吾郎であった。

このときの介吾郎はすでに、政宗の肉体《からだ》が旅先で受けた幾つもの傷を見抜《みぬ》いていた。

だが訊《き》かなかった。長い付き合いである。年寄りなりの勘が訊かせなかった。訊けばこの場が、重苦しくなるとも思った。

「この犬なんだが……」と、政宗は切り出した。

「あ、政宗様のお屋敷で、一度か二度、見かけましたね。しかしまあ、なんだか痩せ細ったのではありませぬか」

「理由《わけ》ありの大切な犬なのだ。二、三日、陣座殿の手元で面倒を見て貰えぬか」

「よございますよ。二、三日と言わず、十日でも一《ひ》と月《つき》でも、お預かり出来まする」

「二、三日もすれば、今私が抱えている用が片付く。必ず迎えに来るので、それまで好きな物を思い切り食べさせてやって欲しいのだ」

「お易《やす》いことです。滋養《じよう》のあるものを選んでたくさん食べさせてやります」

「それから、この刀だが、また手入れを頼みたい。さる人から頂戴した大切な刀なのだ」

政宗は大小刀を帯から抜いて、介吾郎に差し出した。

「お任せ下さい。のちほど、じっくりと検《み》させて戴きましょう」

白髪の小柄な老人は、丁重に大小刀を受け取ったが、この場ではそれに視線を注がなかった。注がなくとも、名刀匠としての〝心の眼力〟なるものが、大小刀から伝わってくる凄まじい傷《いた》みを看破していた。

だから刀に視線を注がなかった。注がぬことで、話題を外《ほか》へ逸《そ》らせる、との配慮であった。

介吾郎は、物静かな口調で言った。

「ところで、お預かり致しておりました粟田口久国でございますが、切っ先から四寸ほどのところで斜めに走る深刻な傷の手入れに思いのほか手間取りまして、昨日、ようやく仕上がりましてございます」

「気が付かなんだ。それほど、ひどい傷でありましたか……私も未熟じゃなあ」

「当たり前の名刀なら激しく打ち合っている最中に折れて、不利な立場に追い込まれていたやも知れませぬな。粟田口久国ゆえ助かったやも。いや、これは余計なことを言うてしまいました」

「いいのだ。で、切っ先から四寸のその傷、もう大丈夫でありまするか」

「若い者に手を入れさせたのではありませぬ。私が直接、扱《あつか》いましたので心配ご無用でございます」

「左様ですか。面倒をかけて済みませぬな」

「いま、お持ち致しましょう。少少お待ち下され」

介吾郎は、そう言い残して、奥へ退がった。

政宗は桃の脇へ腰を下げ、頭を撫でてやった。

「此処はな、心配のない所ぞ。二、三日此処でな、好きなものをハラ一杯食べさせて貰い気力体力を取り戻すのじゃ。必ず迎えにくるゆえな」

桃は低く鳴いて答えた。政宗の言ったことを理解したとでもいうのであろうか、落ち着いた優しい表情になっている。

介吾郎が名刀粟田口を手にして現われた。それを久し振りに帯に通した政宗は、桃のことをくれぐれも頼み込んで、刀匠宅を後にした。

日を浴びて輝く雪の都を、政宗は三条大橋へ戻るかたちで名無しの馬を走らせた。

「お前、わが屋敷で三頭目の馬になるか」

彼は力強く走る馬に語りかけた。

「な。そうせい。三頭目の馬になれい」

この馬を手放すと、早苗と旅をしたことの証がほとんど無くなってしまう、という思いが政宗の心中にあった。

鴨川にかかった三条大橋の中ほどで、彼は手綱を引き馬を止めて、振り返った。

「得次はもう、かなり先まで行ったかのう」

江戸で再び活躍してくれよ、と政宗は祈った。

三条大橋をゆっくりと渡り切って、高瀬川を跨《また》ぐと右手前方に老舗の菓子舗

「春栄堂」が見えてくる。

「ん?」

政宗の表情が思わず動いた。春栄堂の前に、二丁の駕籠《かご》があった。それだけではない。遠目にも博徒風と判る一本差しが二人、それぞれ馬の手綱を手にして駕籠のそばに控えている。

駕籠は、ちょいとその辺まで出かける粗削りな作りの町駕籠ではなく、もう少し寒さに備えたましなもので、舁《か》き手らしい屈強そうな体格の八人が、駕籠を囲むようにして突っ立っていた。うち四人は恐らく、交替の要員なのであろう。

政宗が馬を小駆けにして近付いてゆくと、気付いた博徒風の二人が身構えるような素振りを見せた。そして一人が用心のためか、もう一人に手綱を預けた。

だがすぐに二人の博徒風は、「あ、これは……」という顔つきになった。

「おう、その方《ほう》達……」と、政宗も少し驚く。

博徒風の二人は、本所伝次郎一家を束ねる若親分仙太郎と共に、とうの昔、江戸は深川の木場へ戻っている筈の〝韋駄天の政〟と〝居合の五郎造〟であった。

「一体どうしたのだ。江戸へ戻っていたのではなかったのか」

「へい……」と手綱を手放している居合の五郎造が二歩前に進み出て、馬上の政宗に丁重に腰を折った。後ろに控えている韋駄天の政が、更に深深と頭を下げる。

「実は御殿様。頭《かしら》とあっし達配下の者五人は、確かに江戸へ戻ったのでござんすが……」

居合の五郎造がそこまで言ったとき、春栄堂から「あとは私から、お話し致しましょう」と、主人《あるじ》の徳兵衛が笑顔で現われた。その直ぐ後ろに、気丈でしっかり者の妻の梅代もいる。二人とも旅姿だ。

「政宗様。このようにむさい姿恰好での御挨拶《あいさつ》お許し下されませ」

「なんの。べつに構わぬが、この寒い中、旅にでも出なさるのか」

「はい。実はわが子仙太郎が京を離れました翌日、妻の梅代が急に孫の顔が見たい、と言い出したものですから……それに、そのう、私も同じ気持でありましたゆえ、直ぐに江戸深川へ向けて早飛脚を出したのでございます」

「なるほど。すると仙太郎ら木場の七人衆よりも、孫が見たいと言う手紙の方が先に江戸へ着いていたな」

と、政宗の表情がここに来て、ようやく緩んだ。

「はい。誠にその通りで……それで五郎造さんと政さんが馬駆けで駆けに駆けて昨日《きのう》、京へ引き返してくれましたような訳で」

「それはよかったのう。しっかりと孫を抱きしめてやる事じゃ。それに仙太郎も今では百を超える手下を束ねる頭《かしら》。その貫禄《かんろく》振りを大いに味おうてくることじゃな」

「有難うございまする」

「しかし、これからの道中は寒いぞ。途中、充分に気を付けねば」

「幸い私も梅代も体は丈夫でございますゆえ。それに五郎造さんと政さんが付いていてくれますから心丈夫でございます」

「留守中も商《あきな》いは続けさせるのであろうな」

「それはもう。大番頭も小番頭も商売に長《た》けておりまするので、その点は安心して旅発つことが出来ます」

「うん。春栄堂は、よい働き手が多いからのう。では体に充分気を付けて、旅を楽しまれよ。但《ただ》し、京へは必ず戻って来てくれよ。そのまま江戸に住み付かれると、淋しくなってしまうのでな」

「それはもう」

「居合の五郎造、韋駄天の政、徳兵衛夫婦をくれぐれも頼んだぞ」

「へい。お任せ下さいやし」

「さらばじゃ……」

政宗は馬腹を蹴って春栄堂の前を離れたが、直ぐに手綱を引いて振り返った。

「尾張辺りから遠江辺りまでは、大盗賊日本右衛門が勢力を張っておる。余程に困ったことがあらば、私の名を出して、右衛門に救いを求めるがよい」

聞いて居合の五郎造と韋駄天の政は、思わず顔を見合わせた。

二人にとっても、知らぬ筈のない、大盗賊の名であった。

この時にはもう、政宗の馬は積もった雪を蹴《け》り飛ばして勢いよく駆け出していた。

徳兵衛夫婦が、次第に遠ざかってゆく政宗に、商人らしく綺麗な御辞儀をした。

政宗は馬を走らせながら（徳兵衛夫婦は春栄堂の江戸店《えどみせ》を出して、京へは二度と戻って来ないのではないか）と、予感した。なにしろ実の息子が、大親分となって木場を仕切っているのだ。それに可愛い孫がいる。

(これで源さんも江戸へ戻れば……京は寂しくなるなあ)

政宗はそう思いつつ、胸に穴があいたような気分に陥って馬を走らせた。

(全ては……江戸入りすれば何もかも解決できると考えた、私の浅はかさが招いた結果ではあるまいか)

そう思い込みさえする政宗であった。早苗の死は、依然として悲しい尾を引いている。

三条通が堀川通と交わる辻で、政宗は手綱を右へ軽く引いた。

前方左手に、二条の御城が見えている。

これから何処へ行こうとするのか、すでに決めている政宗だった。

二条の御城の北側には、所司代堀川屋敷、所司代屋敷、所司代中屋敷、所司代下屋敷が建ち並んでいる。

彼は、所司代永井伊賀守尚庸を訪ねる積もりであった。

小駆けとなった馬が二条の御城の東南角あたりに差しかかった時、「あ、政宗様……」と左手の方角から大きな声が掛かった。

政宗は手綱を強く引いて、声がした方へ顔を向けた。

一人の侍が雪に少し足を取られながら、こちらに向かって急ぎやってくる。

「おう、源さん」と、政宗は返した。

京都東町奉行所の事件取締方同心、常森源治郎だった。

東町奉行所は直ぐ其処《そこ》、二条の御城の南側に接するようにしてある神泉苑――朝廷の旧遊覧所――の西隣である。

その東町奉行所の南側が名門・若狭小浜藩十一万三千石の広大な京屋敷であった。人望ことのほか厚く、癇癪《かんしゃく》持ちの三代将軍徳川家光にさえ「爺《じい》は我が右手なり」と言わせた今は亡き大老酒井忠勝の京屋敷だ。

「い、いつ、旅からお戻りなされたのですか」

息を弾ませ白い息を吐きながら、馬の差縄を摑む常森源治郎だった。

政宗は、身軽に馬から下りた。積もった雪の深さは、この辺り然程《さほど》でもない。

「ま、政宗様。手傷を負われていなさるではありませぬか」

まだ痛痛しさを残している政宗の体の治療痕に気付いて、源治郎が驚きの表情を見せた。

「うん。色色とあってな。旅から戻ったのは、つい先日のことなのだが」

政宗は言葉を力なく偽った。

「水臭いではありませぬか。どうして直ぐにお報《しら》せ下さらなかったのです。留守中、胡蝶に困った事がござりましたぞ」

「胡蝶に誰もいなくなったことは承知しておるよ。予想もしておらぬ事であったゆえ、大層驚いたが、知っていることあらば聞かせてくれぬか」

「それが、私も多忙な日が続きまして二、三日前に知った訳でございましてな。何が何だか一向に判らぬのです。隣近所の店に訊ねても、ただ驚くばかりでありまして」

「深夜にでも、そっと姿を消したのかのう。まるで逃げるようにして」

「胡蝶の者《もん》は皆働き者で誠実な人柄だと思うておりましたのに、主人《あるじ》が旅に出ている間にコソッと姿を隠してしまうとは……人間とは判りませぬなあ」

「店の中へ入ってよく見回したのだが、どうやら、これまでに店商《みせあきな》いで蓄《たくわ》えた金も無くなっているようであったわ」

「な、なんと……それではまさしく泥棒猫ではありませぬか。早苗殿の落胆は大きかったことでしょう」

「早苗殿も御元気で御一緒に戻られたのでありましょうな。それとも江戸に留《とど》まりなされておられますので？」

「…………」

「政宗様、いかがなされました……まさか、早苗殿に」

「…………」

「政宗様が受けられし手傷に関《かか》わりあるような事が、もしや早苗殿の身にも……」

「源さん、すまぬ。早苗を守ってやることが……出来なかった」

「ええっ」と常森源治郎は目を大きく見開いて、背中を反らせた。

「早苗は亡くなった……もう、この世にはおらぬ」

「そ、そんな……信じられませぬ」

「全て私の責任じゃ。これについて、今この場で話すことは余りにも辛い。詳しくは日を改めて話すことを許してくれぬか源さん」

「政宗様ともあろう御方《おかた》が……政宗様ともあろう御方が、あの美しい早苗殿を守り切れなかったと申されるのですか」

「責めは受ける。存分に私を罵《ののし》ってくれてよい源さん」

「ひ、ひどうござんすよ。あの早苗殿を亡くしてしまわれるなんて……」

常森源治郎は両の肩を小さく窄《すぼ》め、歯を噛み鳴らしてうなだれた。

二人は、そのまま沈黙した。

かなり長い沈黙だった。

その沈黙を先に破ったのは、指先で目頭を拭った常森源治郎だった。

「政宗様。母上様はすでに六日前に、紅葉屋敷の方へお戻りになられました。家《か》具《ぐ》その他の細かい整理で、下働きの者たちはまだ雪山旧居に残っておりますが、私も引越しを手伝わせて戴きました」

「そうか……紅葉屋敷へ戻れたか……手伝い、すまぬな」

「江戸よりつい先日戻った、と申されましたが、母上様にはまだお目にかかってはおられませぬので」

「早苗が亡くなったゆえ、誰もいなくなった胡蝶でぼんやりと一夜を明かしてしもうたのだ」

　と、政宗は言い繕った。

「そうでありましたか……それにしても、あの早苗様が」

「のう源さん」

「は」

「得次とその手下の者が京を発って江戸へ戻ったな」

「ご存知でしたか」

「うむ。三条通で偶然に出会うたのだ」

「私の右手となって、実によく頑張ってくれました。京の町へも上手く溶け込んでくれましてねえ。そろそろ江戸へ戻してやらないと、女房子供が可哀そうと考えまして」

「そうだな。近頃は江戸の治安も悪いらしいゆえ、得次の手腕は必要であろう。次は源さんが帰る番だな。御奉行から、そう言われているのであろう」

「はい。ですが、日取りはまだ決まってはおりませぬ。それまでは、この京で必死に頑張らせて戴きます」

「源さんが京を去ると、私はまた一人だ。よき話し相手、相談相手であったのになあ」

「政宗様はこれから紅葉屋敷の方へ？」

「その前に所司代永井伊賀守様にお目にかかろうと思うて、やって来たのだが」

「あ、暫くは無理かも知れませぬ」

「無理？」

「ご体調を崩され、いま床に臥《ふ》せっておられるそうでございます」

「病に倒れられたと言うか」

「ご多忙を極めておられた毎日であったと聞いております。心身の疲労が積み重なったのではありますまいか」

「ならば、江戸に詳しい源さんに訊ねてみたいのだが」

「なんなりと」

「柳生宗重殿の名は存じておるか」

「それはもう。幕府から江戸柳生の分家を正式に許されなされた程の高名なる剣客でございますから、江戸八百八町でその名を知らぬ者は恐らくおらぬのではないかと……御血筋も名門大名家につながっているとか申します」

「うむ……」

「一説によれば、剣の腕前は、将軍家兵法師範柳生宗冬様よりも上だとか……ま、これはあくまで、一説によれば、でございますが」

「血筋にも恵まれたそれほどの柳生宗重殿なら、幕府の要職に就いておられるのであろうな」

「さあて、その辺りのところは、よく存じませぬが。なにしろ私などから見れば雲の上の御人でありまするから」

「とは言え、源さんも江戸では北町奉行所の顔役的存在ではないか。柳生宗重殿がいかなる職にあるかの不確実な噂《うわさ》くらいは耳に入っていよう。影の大目付らしいとか、老中付の隠密監察官であるとか」

「はあ。ま、大層な権限をお持ちの御様子から、幕府の隠密三機関を束ねておられるのでは、と囁かれてはおりました」

「隠密三機関と申すと？」

「我我などには、よくは判りませぬ。ただ、数十万石の大名すら柳生宗重様が動き出すと緊張すると言われておりますことから、誰彼に知られた表の職務でないことは確かなようでして」

「影の機関という事だな」

「ま、そのような……なにしろ三機関の要員は三百名とも四百名とも噂されております。しかも、いずれも手練」

「それは凄い数字よのう。それら手練を手足の如く使っているとなると、確かに数十万石の大名家でも震えあがるじゃろ……まるで将軍の権力を預かりし〝影の大名〟だな」

「政宗様……」

「ん」

「失礼ながら、お体のあちらこちらに受けておられますその刀傷。もしや柳生宗重様と対決なされて……」

「それについても後日にまた詳しく話そう。今日のところは、これで紅葉屋敷へ帰らせてくれぬか」

「そうですか。判りましてございます。ところで政宗様、京へは、お連れを伴なって戻って参られましたので?」

常森源治郎の声が低くなった。

「いや。一人だが」

「では振り向かずに聞いて下さりませ。先程、私が政宗様と出会いました時より、およそ一町《ちょう》ばかり後ろ姉小路通の角に、馬に乗った侍一人。じっとこちらを見ている様子」

「なに……で、見ている様子というのは」

「深編笠をかむっているため、視線の向きが摑めませぬゆえ。が、しかし、間違いなく顔は、こちらに向けられておりまする」

「身なりは?」

「きちんとしております。腰の刀は大小ともに白柄」

柳生宗重だ、と政宗の背筋《せすじ》に思わず悪寒《おかん》が走った。

彼の姿を政宗は、尾張の医師青井元丹の小屋敷そばで、一度見かけている。

「心当たりなき不審人物ならば、念のため、紅葉屋敷まで同心三、四名を付けまするが」

「要《い》らぬよ源さん。私事で同心の力を当てにするなど以《もっ》ての外《ほか》。なあに大丈夫じや。二、三日の内にゆっくりと会おうぞ」

政宗は常森源治郎の肩を軽く叩くと、再び馬上の人となった。

「ま、政宗様。お待ち下され」

政宗はそれを聞き流して、馬腹を蹴った。

雪を跳ね飛ばして、みるみる馬は遠ざかってゆく。

だが、姉小路通の角の人馬は、政宗を追おうとはせず、馬首を返して姉小路通の奥へと消えてしまった。

(気のせいだったか……いや、確かにこちらを見ていたような気がするが)

と、常森源治郎は首をひねった。

彼の目は、まだ真っ赤であった。それほど早苗の死に、衝撃を受けていた。妻子を江戸に残して京へ赴任している源治郎にとってみれば、たまに飲みに訪れる胡蝶での早苗の愛想のよい美しい笑顔は、〝癒し酒《いやざけ》〟以上の癒しになっていた。よこしまさ、の無いほんのりとした慕情もあった。

「ひどすぎる」

呟いて源治郎は、白い息を吐いて青い冬空を仰いだ。

四

政宗は二条の御城の直ぐ北側に在《あ》る所司代屋敷に立ち寄り、御門番に自分の姓名を告げて永井伊賀守が病臥中であることを確認すると、見舞の言葉を残して立ち去った。

次に彼は、仙洞御所へ向かった。

この時にはもう背後に、つけて来る者の気配を捉えている政宗であったが、振り向かなかった。たとえ振り向いたとしても、今度ばかりは相手は消えまい、という思いがあった。

自分にとって逃《のが》れることの出来ぬ最後の刻《とき》が近付きつつある、と感じながら、彼は仙洞御所の御門前で馬の歩みを止めた。

幸いと言うべきか、御門番はいなかった。交替《こうたい》要員と入れ代わる、ほんの僅《わず》かな間隙《かんげき》であったのか？

所司代屋敷には御門番が二人立っていたのに、仙洞御所には不在《ふざい》というその

『一瞬の不実《ふじつ》』が、徳川絶対の世を表わしていると政宗は感じた。御門番は朝廷の人間ではなく、下級ながら幕臣である。

政宗は「父上、今日でお別れになるやも知れませぬ」と呟き、御門に向かって馬上で頭を下げた。

再び歩み出した馬は、御所と向き合うかたちで建ち並ぶ寺寺の前を通り過ぎ、小さな公家屋敷の角を右に折れて、鴨川にかかる荒神橋を渡った。傷みの目立っている、ゆるやかな上がり下がりの反《そ》りを持つ太鼓橋であった。

その橋の中央、最も高い位置で、政宗は手綱を軽く右へ引いて馬首を川下へ向けた。つまり馬体を橋に対して真横にし、間近に迫りつつあった相手を見下ろした。

深編笠の相手が馬上で僅かに頭を下げ、政宗も同様に返した。

「傷はもう、およろしいのか。柳生殿」

政宗は言葉静かに訊ねた。

「あなた様のお傷は？」

相手が訊《き》き返した。穏やかだが気力の込もった声の響きだった。それだけで政宗は、相手の体力は万全、と解釈できた。傷問答の必要はなかった。

「お相手仕《つかまつ》ろう」

「宜しくお願い申す」

相手が、今度は深深と馬上で腰を曲げた。謝意を表していた。

政宗は馬首を戻して橋を渡り、雪山旧居が在る方角へ向かった。

二人の間には、激しい火花は、まだ飛び散っていなかった。誰かがこのときの二人を見ていたなら恐らく、友人同士の侍二人が、雪を楽しんで散策でもしているかのように見えた筈であった。

だが、政宗の剣法と柳生新陰流との二度目の激突は、まぎれもなく目前に迫りつつあった。

突然、政宗の馬が甲高くいななき、続いて相手――柳生宗重――の馬もそれを見習った。

間もなく訪れるであろう血の雨の闘いを、動物の本能で捉えて怯《おび》え出したのであろうか。

確かに深編笠の中で、柳生宗重の目は凄みを放ちつつあったが。

二頭の馬は、十二、三間《けん》の間《あいだ》を開けて、畑の中の道を吉田山へと向かっていた。とは言っても一面の雪であったから、どこ迄が畑でどれが道なのかは判らなかった。政宗は記憶と見当を頼りに、吉田山へ馬を進めていた。

柳生宗重は、黙って付いて来ている。

政宗の馬はやがて吉田神社の境内に入り、そのまま反対側に抜けると目の前に鬱蒼《うっそう》たる原生林が立ち塞《ふさ》がった。

雪山旧居は吉田神社の境内を抜けて直ぐ右手の坂道を上がってゆかねばならなかったが、政宗の馬は原生林を選んで真っ直ぐに進んだ。

二町ばかり雪深い中を進むと、不意に原生林が切れて日が降り注ぐ明るい開けた場所に出た。雪はほとんど積もっておらず、地表をびっしりと覆っているのは拳の二倍ほどもある無数の真っ黒な丸い石だった。研《みが》かれたような、つるつるの石である。

政宗が、この場所を知ったのは雪山旧居へ移って間もなくのことであったが、その真っ黒な石が何という石なのか、彼は知らない。

自然の不思議、と言うしかない光景だった。

その真っ黒な丸い石が日の光で日常的に温められているとすれば、積雪は思いのほか浅いのではないかという政宗の読みは当たっていた。チロチロと小さな音を立てて、溶けた雪が石の間を伝って何処かに向かって流れ落ちている。何本もの糸のように細い流れをくねらせて。

政宗は馬から下り、そばの杉の木に手綱をくり付けて振り向いた。

「此処で如何がです柳生殿」

「結構です。この深い静けさの中ならば骸《むくろ》は当分の間、人目には付きますまい」

柳生宗重は頷いて下馬したが、そのまま手綱を手放して深編笠を足元へ脱ぎ落とし、馬の首筋を平手でポンと叩いた。

馬が原生林の中へ、なんと後ずさりをし、右の蹄《ひづめ》で四、五度雪面を強く叩いてから静かになった。

政宗と柳生宗重は、二間《けん》ばかりの間を空けて向き合った。

丸い黒石は、すき間なく地表を埋め尽くしているため、足元はさほど悪くない。

懸念すべきは、足が滑るかも知れないことであったが、厳しい修練を積み重ねてきた政宗と柳生宗重にとっては、心配すべき程のことでもなかった。

「一つお訊《き》きしたい」

政宗がゆっくりとした口調で切り出した。

「何でござろうか」

「柳生殿の御使命は、私の江戸入りを阻止することでありましたな」

「左様」

「ですが、こうして京へ戻りし私を、尚も倒そうとするは何故でござる?」

「それもわが使命と思し召《おぼめ》されたい」

「京へ戻りし政宗も倒せ、との指示を新たにお受けなされましたか」

「御意にございます」

「この政宗を何故にそれほど邪魔者扱いなさる」

「恐れてござる。将軍家が」

「将軍家が?……家綱様がそのように申されましたのか」

「はっきりと」

「私は将軍家に弓引く考えなど毛頭ありませぬ。また、弓引く力もありませぬぞ
柳生殿」

「将軍家は……家綱様は、あなた様のことを、幾万の人民を引き寄せる事の出来る魅力ある傑物であると恐れてござる。心底から」

「そのお話、真実《まこと》でありましょうな」

「はい。誓って」

「私は二条の御城で、家綱様を素姓判らぬ大勢の刺客から、お護り致した。その私を家綱様は恐れておられると」

「二条の御城での騒乱、この宗重承知してござる。家綱様を襲いし刺客達は、御三家の息がかかりしハグレ者。すでに柳生の手によって江戸に残りし不満分子はことごとく殲滅《せんめつ》してございまする」

「この私も将来、不良なる集団を率《ひき》いる恐れがある、と懸念なされておるのですな」

「新しい朝廷の時代を築く強力な起爆剤となる、と将軍家は見てござる」

「なさけなや……余りにも、なさけなや」

政宗は肩を落とした。心底、なさけない、と思った。

「お覚悟なされよ政宗様」

「やむを得ぬな柳生殿」

「この柳生宗重、あなた様の剣客としてのお姿、心から気に入ってござる」

「私も柳生殿となら旨い酒が飲めそうな気が致しておる」

「時代が悪うござったな」

柳生宗重が静かに、それこそ静かに大刀を鞘から抜き滑らせて、正眼に構えた。

一歩さがって政宗も粟田口久国の鞘を払い、下段に身構えた。

（やはり手に合っている）と政宗は思った。掌《てのひら》の掌紋の一つ一つにまで名刀粟田口の柄がピタリ食い込んでいるように感じた。

微動もせぬ、絵に描いたように美しい身構えの政宗と柳生宗重であった。

黒く丸い石が二人の足元で、かすかに湯気を立てている。ゆらゆらと。

日射しは眩しい程であった。

無言の対峙が暫くあった後、柳生宗重の足がジリッと間を詰め出した。

政宗は依然として不動。地に落とした切っ先が、日の光を鋭く反射している。

およそ一尺ばかり政宗との間を詰めて、柳生宗重の動きが止まり、ゆっくりと切っ先が下がった。

下段対下段。寸分違わぬ美しい構えで二人は対峙した。

彼等を待ち構えているのは、今度ばかりは恐らく「死」。二人とも死を迎えるのか、それとも二人の内のどちらかが骸となるのか、それは神のみぞ知るであった。

両者動かぬまま、刻《とき》が過ぎてゆく。

およそ四半刻が経っても、二人はまだ動かない。いや、動けないのかも知れなかった。お互いに相手の剣で深手を味わっている。自分の剣が相手の剣よりも僅かに勝っているか、劣っているか承知している筈だった。

その差は、たぶん言葉では表せぬ程の僅差《きんさ》。

そう承知してもいる筈の二人であった。

大剣客にとって僅差の劣りは充分に逆転に通じる。その逆転に勝負を賭《か》けている政宗であり柳生であるに相違なかった。

「生死は、一閃《いっせん》なり……」

呟きがあった。政宗ではなかった。柳生の呟きであった。

それは政宗の耳へ届いたのか、それとも届かなかったのか。

依然として双方に動きなく、音立てているのは黒い丸石の間を縫うようにして流れるチロチロという水音だけ。

突如、二人の頭上を一羽の小雀が小さく鳴きながら飛び去った。

普通ならば、激突の契機となり易いその小うるさい囀《さえず》り。

それでも二人は不動であった。

政宗の額にも、柳生の首筋にも、汗の粒が浮き出し始めていた。

しかし呼吸には、微塵《みじん》の乱れもない。

表情は、共に透徹しているが如し。

更に小半刻が経とうとする頃、政宗の足先が足元の黒い丸石を噛むようにして動きを見せた。そろりと……そしてまた、そろりと。

双方の間が、次第に狭まってゆく。

双方の構えが正眼となって、切っ先が鼻を突き合わせる程になっても、政宗のジリッとした動きは止まらなかった。

瞼《まぶた》をやや細めた中にある二つの目は、柳生の顔ではなく手首に注がれていた。

瞼を細めているのは、そうと相手に知られぬためか。

二つの切っ先が、とうとう四、五寸を交差させるところ迄きて、政宗は動きを止めた。

柳生の双眸《そうぼう》が、凄まじい熱を放ち始めていた。

と、政宗の粟田口久国が、刃を回して相手に向け再び下段の構えとなる。

「りゃあっ」

裂帛《れっぱく》の気合が迸《ほとばし》った。政宗ではなかった。柳生だった。

その気合の迸りよりも先に、柳生は一足飛びで政宗に打ち込んでいた。

政宗には、相手のその動きが、ほとんど見えなかった。

ただ、異様な唸《うな》りが、左耳に迫るのを本能的に捉え、粟田口久国を左側頭部に立てた。

ガツンッと凄まじい打撃力。

粟田口久国を支える政宗の両手首が、激痛をともなって軋《きし》んだ。

二撃、三撃、四撃、柳生の凄絶《せいぜつ》な一点打ちだった。

政宗が粟田口の刃を守るため、上体を斜めに捩《ねじ》り、懸命に峰で受ける、受ける、受ける。

猛烈に攻めながら、柳生は呻いた。余りにも柔軟な政宗の上体に、驚愕《きょうがく》していた。これまで、たいていは二撃目で、相手の太刀は折れその腕を断ち切っていた。

（こ、これは……）

それが、通じない。全く通じない。

柳生が五撃目を加えようと、刃を〝引き〟から〝繰り出し〟へ転じようとした刹那《せつな》、その間隙《かんげき》のほとんど無い連続技へ、一条の〝光〟が激烈に食い込んできた。

それも、眉間《みけん》。

柳生は上体を右へ振りざま、その〝光〟を渾身《こんしん》の力で払った。夢中だった。が、その力は、ふわりと流れた。いや、流された。

ハッとしたところへ、またしても〝光〟が素晴らしい速さで突っ込んでくる。

柳生の強腕に頼った猛烈な一点連打に対し、矢のような〝光〟と見せる政宗の連続する直線突きであった。すでにこれで幾人かの刺客が、眉間、喉、胸を貫かれ、絶命している。

辛うじて政宗の連続突きから逃れた柳生は、再び下段に構えた。

早くも息が乱れていた。

柳生の脳裏に、たった今の鮮やかな連続突き技が甦《よみがえ》る。長崎奉行が主催した日蘭親善武術大会に招かれたとき目にした、西洋剣術《フェンシング》の技に似ていると思った。

一方の政宗は、左手首に軽い痺《しび》れを感じていた。柳生の凄まじい連打が手首にこたえていた。粟田口久国の折れなかったのが、不思議なくらいだった。

柳生の下段に対し政宗もやはり下段を取った。

「参るっ」

「おうっ」

双方同時に真正面からぶつかり合った。

柳生が面を打った。それを跳ね返しざま政宗が右胴、左胴を続け様に狙う。ガチンッ、チャリンッと鋼が激突し合って火花が散った。

政宗の胴打ちを訳もなく受け返した柳生が、首、首、首と右片手で激しく打った。信じられぬ豪腕に政宗が粟田口久国で危うく受け、よろめく。

「頂戴したっ」

叫んだ柳生が、よろめいた政宗の左脚を、飛びかかるようにして横に払った。

「うっ」

柳生の切っ先が、政宗の脹《ふく》ら脛《はぎ》を割った。

政宗が横転。

このとき政宗の左腰から、細い〝光〟が放たれた。それは銀色の尾を引いて、次の瞬間には柳生の右胸に深深と刺さっていた。

政宗が、脹ら脛を斬られる直前、渾身の力で脇差を放ったのだ。

柳生が声もなくのけ反り、そのまま数歩を退がる。

立ち上がった政宗が左脚を引き摺《ひず》り――いや、走るようにして――柳生に迫って袈裟懸《けさが》けに斬り込んだ。

空気がプアッと鳴る程の、斬り込み。

柳生が額の上で辛うじて受けたが、その〝重み〟に耐えられず片膝を折った。

政宗は、粟田口を引かない。そのまま一気に押し込み、跳ね退がるようにして刃を引く。

柳生の眉間が裂かれ、ひと呼吸待つ間もなく血しぶきが散った。

それでも柳生は立ち上がる。顔面真っ赤だ。

政宗の左脚からも、如雨露《じょうろ》から撒《ま》き水が噴きこぼれるが如く、血が噴き出していた。

政宗が攻めた。面、面、面、面と痛烈に打つ。

柳生が阿修羅の形相でそれを受けざま、小手、小手、小手と返した。

どちらも、激しさ、速さ、衰えていない。

柳生の左頬が口を開け、政宗の右手甲がザックリと割れ、新たな血しぶきが黒石の上に飛び散った。

柳生が攻める。

政宗が攻め返す。

二合、三合、四合と打ち合って、二人は離れた。共に体からおびただしい量の血が失われていると言うのに、まだ耐えている。

これを武士道と言うのか。それとも、ただの意地か。

政宗が肩、肩、肩と連打。

柳生が跳ね返して横面を攻める。

政宗が更に肩。これでもかと、打った。

柳生が受けた。受けたが何と言うことか、刀身が半ばで断ち折られた。

粟田口久国が、そのまま柳生の肩に食い込む。

修練に修練を積み重ねてきた政宗の極限の技が、このとき生きていた。

柳生の刀身が折れた刹那、政宗の剣は柳生の肩を裂くや否や、なんと宙に跳ね上がっていた。

本来なら、肺の臓まで斬り下ろしている技であった。

柳生が黒石の上に、ゆっくりと両膝を折り、折れた刀を静かに黒石の上に置いた。血だるまであった。

「何と言う凄まじい剣客であられることか……」

呟いた柳生の面前に、政宗は粟田口を鞘に戻して座り込んだ。

息は明らかに、政宗の方が荒かった。

「よい医者を知っております。馬なら直ぐの所です。柳生殿」

「それまでこの血まみれの我が身が持つかどうか……」

「何を申されます。天下の柳生様ですぞ」

「あなたこそ、天下の政宗様だ」

「さ、お立ちなされ」

「あなたと、盃を交わしたいのう」

「是非……交わしましょう」

「その刻《とき》は、もう有りませぬかも……」

「何を弱気な。大丈夫です。さ……」

政宗は柳生を抱えるようにして、必死で馬の所まで行き渾身の力で鞍に座らせた。

その動きによって、政宗の脹ら脛は一層傷口を大きくし、泡《あぶく》を立てて血を噴き垂らした。

一頭の馬に二人が乗ると、馬は気遣うように、そろりと動き出した。

政宗の目は、すでに霞《かす》みはじめていた。

（つまらぬ闘いであったのう政宗殿。一体、どのような意味があったというのか）

柳生は、朦朧《もうろう》とする意識のもと、そう呟いたが、言葉になっていなかった。

馬は、勝手に歩んでいた。政宗には、もう馬を操る気力は残っていなかった。

彼が薄れゆく意識の中で認めたものは、その門前で馬が歩みを止めてくれた、雪山旧居であった。

力尽きた柳生宗重が鞍から滑り落ち、続いて反対側へ政宗が落下した。

雪がたちまち二人の血を吸っていく。

それを隠そうとでもするかのように、また雪が降り出した。

突然、雪山旧居の内外《うちそと》が、騒がしくなった。

早く、お医者様を、早く、と下僕たちの大声。

その声を政宗は、遥《はる》か遠くに聞いた。


（完）

「門田泰明時代劇場」刊行リスト

ひぐらし武士道
『大江戸剣花帳』（上・下）
徳間文庫　平成十六年十月
光文社文庫　平成二十四年十一月
新装版　徳間文庫　令和二年一月

ぜえろく武士道覚書
『斬りて候』（上・下）
光文社文庫　平成十七年十二月
徳間文庫　令和二年十一月

ぜえろく武士道覚書
『一閃なり』（上）
光文社文庫　平成十九年五月

ぜえろく武士道覚書
『一閃なり』（下）
光文社文庫　平成二十年五月
徳間文庫　令和三年五月
（上・下二巻を上・中・下三巻に再編集して刊行）

浮世絵宗次日月抄
『命賭け候』
徳間書店　平成二十年二月
徳間文庫　平成二十一年三月
祥伝社文庫　平成二十七年十一月
（加筆修正等を施し、特別書下ろし作品を収録して『特別改訂版』として刊行）

ぜえろく武士道覚書
『討ちて候』（上・下）
祥伝社文庫　平成二十二年五月

浮世絵宗次日月抄
『冗談じゃねえや』　徳間文庫　平成二十二年十一月
光文社文庫　平成二十六年十二月
（加筆修正等を施し、特別書下ろし作品を収録して『特別改訂版』として刊行）

浮世絵宗次日月抄
『任せなせえ』　光文社文庫　平成二十三年六月

浮世絵宗次日月抄
『秘剣 双ツ竜』　祥伝社文庫　平成二十四年四月

浮世絵宗次日月抄
『奥傳 夢千鳥』　光文社文庫　平成二十四年六月

浮世絵宗次日月抄
『半斬ノ蝶』（上）　祥伝社文庫　平成二十五年三月

浮世絵宗次日月抄
『半斬ノ蝶』（下）　祥伝社文庫　平成二十五年十月

浮世絵宗次日月抄
『夢剣 霞ざくら』　光文社文庫　平成二十五年九月

拵屋銀次郎半畳記
『無外流 雷がえし』（上）　徳間文庫　平成二十五年十一月

拵屋銀次郎半畳記
『無外流 雷がえし』（下）　徳間文庫　平成二十六年三月

浮世絵宗次日月抄
『汝 薫るが如し』　光文社文庫（特別書下ろし作品を収録）　平成二十六年十二月

浮世絵宗次日月抄
『皇帝の剣』（上・下）　祥伝社文庫（特別書下ろし作品を収録）　平成二十七年十一月

拵屋銀次郎半畳記
『俠客』（一）　徳間文庫　平成二十九年一月

浮世絵宗次日月抄
『天華の剣』（上・下）　光文社文庫　平成二十九年二月

拵屋銀次郎半畳記
『俠客』（二）　徳間文庫　平成二十九年六月

拵屋銀次郎半畳記
『俠客』（三）　徳間文庫　平成三十年一月

浮世絵宗次日月抄
『汝よさらば』（一）　祥伝社文庫　平成三十年三月

拵屋銀次郎半畳記
『俠客』（四）　徳間文庫　平成三十年八月

浮世絵宗次日月抄
『汝よさらば』(二)　祥伝社文庫　平成三十一年三月

拵屋銀次郎半畳記
『俠客』(五)　徳間文庫　令和元年五月

浮世絵宗次日月抄
『汝よさらば』(三)　祥伝社文庫　令和元年十月

『黄昏坂《たそがれざか》　七人斬《ななにんぎ》り』　徳間文庫　令和二年五月
(特別書下ろし作品を収録)

拵屋銀次郎半畳記
『汝《きみ》　想《おも》いて斬《ざん》』(一)　徳間文庫　令和二年七月

浮世絵宗次日月抄
『汝よさらば』(四)　祥伝社文庫　令和二年九月

拵屋銀次郎半畳記
『汝《きみ》　想《おも》いて斬《ざん》』(二)　徳間文庫　令和三年三月

この作品は光文社より二〇〇七年五月に刊行された上巻と二〇〇八年五月に刊行された下巻を加筆修正し、上中下三巻に再編集したものです。

徳間文庫

ぜえろく武士道覚書

一閃《いっせん》なり 下

2021年5月15日 初刷

著者 門《かど》田《た》泰《やす》明《あき》

発行者 小宮英行

発行所 株式会社 徳間書店

東京都品川区上大崎三―一―一 〒141―8202
目黒セントラルスクエア

電話 編集〇三(五四〇三)四三四九
販売〇四九(二九三)五五二一

振替 〇〇一四〇―〇―四四三九二

印刷
製本 大日本印刷株式会社

ISBN978-4-19-894645-6 (乱丁、落丁本はお取りかえいたします)